U0123115

# 遺民手記

陳義芝

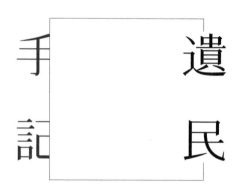

3 .

# 目錄


讓遺忘的不再被遺忘　何寄澎　009
記憶的沼澤與提升　陳育虹　019
序詩　氓　036

卷一　遺民手記

1 一個人的逃亡　040
2 測字：以家亨之名　046
3 一溜矮簷一張桌旁　050
4 無法回頭的訊號　056
5 電光，蟻群，燐火　060
6 第一個抽屜
7 第二個抽屜　070

8 另一個抽屜 074
9 那座山頭，草叢白骨 078
10 一條皮尺怎能丈量一生 084
11 石碑與遺民證 088

## 卷二 遺民後書

居住在花蓮 094
一座生活的十字架 094
每逢起霧就想起 099
溪底村剪影 104
馬燈掛在漆黑的夜裡 104
走過泥牆和竹編的門 107
子夜銳嘯的風 111
埋下汗水的塚 114

北海岸潮聲 116
　人生的唱盤 116
　翻拍舊照 119
　死者與苟活者 122

## 卷三　離亂備忘錄

出川前紀 126
新婚別 148
他和她的夢 156
　荒村 156
　在大風雪之夜 157
隱形疹子 160
破爛的家譜 164

## 卷四 散繹13


1 無可如何之遇 168
2 如果沒有戰爭 170
3 天涯相望 172
4 蒼天不會說話 174
5 噩夢 176
6 山河檔案 178
7 霧動的屋瓦 180
8 無告 184
9 在岩石縫隙求生 188
10 扛著沾血的牛軛 190
11 從來萬物本乎天 194
12 不歸人 198
13 未完 200

## 後記

黑夜的歌聲 203
一代人的事 206

## 附錄

〈遺民手記〉評論摘段 212
構成一套板蕩敘述 唐捐 212
代表一群人的命運寫真 洪淑苓 214
可以當作詩劇閱讀 簡媜 216
「遺民」有多重意思 向陽 218
敘事保留了詩和世界的聯繫 唐諾 220

# 讓遺忘的不再被遺忘

## ——具史遷精神的大歷史敘述：讀陳義芝《遺民手記》

何寄澎

讀義芝的《遺民手記》，是噙著淚讀的。

義芝的父親是四川人，母親是山東人。我的父親是河南人，母親是江蘇人。他們經歷同樣的亂離時代，最後都埋骨於田橫之島。

一個人原應有的平凡的、平靜的、平安的、平和的生命，他們沒有；他們被老天、被歷史、被故土、被他鄉，甚至於也被自己遺棄。但義芝不忍讓他們如此無聲無息地飄逝，所以有了《遺民手記》這本詩文集。

這本詩文集不只是為他的父親、母親、三娘繪像，也為那千千萬萬親歷亂離倥傯的人繪像。所以〈一個人的逃亡〉，不是一個人的逃亡；「母親在窗外哭喊」，也不是一位特定的母親在窗外哭喊；而「無法回頭的訊號」，更是所有流亡之民共同接收的訊號。

我反覆閱讀書裡的篇章，感覺義芝真是嘔心瀝血的刻鏤每一字、每一詞、每一句、每一場景。做為一個敘事者，〈卷一〉用隱身的旁觀視角，寫父親在戰火中的出生入死。「淒啊啊，淒啊啊，天陰鳥就叫／水中有流屍和泡沫」，令人想起杜甫〈兵車行〉：「君不見，青海頭，古來白骨無人收，新鬼煩冤舊鬼哭，天陰雨濕聲啾啾。」而〈那座山頭，草叢白骨〉中將軍的悲吟：「江水起毒浪，山險滿蓬蒿。仰攻實艱苦，將士不辭勞。屍橫貢山野，血染怒江濤。……」完全以古樂府之筆寫父親高黎貢山之役的慘烈，[1]令人想起李白〈戰城南〉：「萬里長征戰，三軍盡衰老。……烽火燃不息，征戰無已時。野戰格鬥死，敗馬號鳴向天悲。烏鳶啄人腸，銜飛上掛枯樹枝。」末尾〈石碑與遺民證〉：「一生匍匐的你，而今無聲無息／睡入一個長眠的閘門」，「這一尺見方的居所／是靜寂的墳場不是戰場」，寫父親的逝去，卻也同時為那同時代、同命運的人寫——試看這樣的詩句：「還有無數的／他他他……來自／山東的濟陽，山西的太原／河北的雁門，甘肅的隴西／浙江的吳興，安徽的高平／河南的南陽，湖南的武陵／陝西的馮翊，江蘇的東海／江西的南昌，湖北的江夏……」。

〈卷二〉以現身的「我」先述說父母渡海來台，從東到西、從南到北，艱苦維家，養兒育女的一生：「父親茫然的忙碌和母親著急的痛苦，合成／一座仍要生活的十字架／在三天兩頭的飢餓中／在連續不止的地震裡」，「離開花蓮，終於／越過山越過海／父親到遠方去墾荒地／離開他的同袍，回鄉的夢／母親到遠方去幫傭／忘記她曾經是千金，翰林家的曾孫女」。其中不斷穿插自己童年與成年的記憶：「每逢起霧就想起／那棟老厝，在花蓮／重慶街，浸在火焚的煙霧裡」，「三歲的我坐在霧動的屋瓦上／霧，在花蓮的清晨」，「四十歲的我帶著一具／童年的老相機，二月的下午／孤零零走回重慶街」。末尾回到父親與母親（還有三娘）。〈翻拍舊照〉如是敘寫：「父親時常打電話和我／討論火葬土葬的事。十年前／指定我描繪一處向陽高地／兒孫假日郊遊的路線圖」，「母親四十幾歲開始失眠／暴怒而哀傷。直到她／在念珠撥弄中找回失去的夜／——也是父親的，也是子女的」，「大陸上的前妻，父親說，叫她／三娘吧。半世紀前

---

1 高黎貢山戰役，又稱騰衝戰役。自一九四四年五月十一日我遠征軍二十集團軍強渡怒江，至九月十四日攻克騰衝城。歷時一百二十七天，四十餘次激戰，我遠征軍傷亡軍官一千二百三十四人，士兵一萬五千零七十五人，可見其艱苦與慘烈。

她把先生送給戰爭／把女兒送給苦旱饑荒／把自己送進活寡的黑盒子裡」。此外，〈死者與苟活者〉如是敘寫：「戰爭遺棄平凡的青春／忠貞遺棄纏綿的病／當一生的痛也遺棄他的時候／他把刺刀戳過子彈射過軍令欺蒙過的／身體交給荒涼的山頭／一個再也沒人追趕的地方」，「定期來看望的只剩下／像他一樣苟活在陰影裡的家人／不定期的還有山頭的／烈日，風，和雨／全不知戰爭是什麼原因／苟活是什麼原因」。我想任何人讀到這樣的句子，看到這樣的生命，都會有無以名狀的椎心之痛而掩卷嘆息吧？

〈卷三〉的人稱依然是「我」，但這「我」轉成了父親。筆下是父親記憶裡的家——「凡廳堂都安置天地君親／廂屋接待詩書易禮」，「教忠，教孝，教我／人生啟蒙的第一課」；是離家的拜別，是母親殷殷的告誡，是遠行相對咽咽的流淚；是整整十二年後，束裝，上路，「把手上積存的六十塊大洋交給母親／與最親近的姊姊說再見／與新婚的妻子告別」，「也許你還想問我的心情，然而／已經半個世紀嘍／該怎麼說呢／人生如寄在江上／無非峰巒、雲霧、峽谷／中間有波濤洄漩／大的如家國世事／小的是個人閒愁／船，輕輕一擺首／全都過去了……」，句句輕描淡寫，句句都是「欲說還休。欲說還休，卻道天涼好箇秋」

的無奈、沉重。其下〈新婚別〉再轉以三娘的口吻，托出她的一生：「有鷹盤旋／風在山的稜線上鼓湧牠的雙翅／你走前幾日／神情閃爍，怔營／像極了一隻形銷而欲飛的鷹」，「鷲鶺聲裡，我／為你打背心毛襪／用雨灑庭階的細密針腳／追趕你的行期／月子還未坐滿就在／井邊石板上搓你換下的衣褲」，「日月是不變的耕者／加速犁耕著我的容顏」，「我含著淚想，那鷹呢／在重山之外棲停的／還是原來的嗎」，「啊，那鷹呢／牽引家門紙灰香燭的風都轉了方向／所謂的一生顯然也已成為空想／那時我乃除孝／投譚家山／改嫁」，「我變賣銀簪變白髮／變賣掉春／轉眼變成秋／眼前相望的只剩／新婚暫短的紅妝／天涯，和餘年」。如果我們比讀義芝的〈新婚別〉與杜甫的〈新婚別〉，不難感知杜詩的時空是固定的、情節是單純的、敘寫是直線的；義芝之作則時空變換、今昔交錯、情節多樣、敘寫轉折；結尾之悲尤嬝嬝氤氳，久久不去。

〈卷四〉，以散文體式一方面為前三卷父、母流亡的一生勾勒線索，補足本事；一方面揣想如果沒有戰爭，父親會是怎樣的一生？全書到此告一段落，但並未結束，〈未完〉中有這樣的句子：

時間此刻之外，還有時間的無窮過往、無限未來。個人來不及經歷的過往，及無從探知的未來，只能任由日月目睹，風雷傳說……；只能暗自在想像中揣摩，藉一些閱讀到的詩文揣摩看不見的臉譜，「歲去憂來兮東流水，地久天長兮人共死」。

語氣往復之間，似乎顯示義芝對自己能做的感到夷猶，但我確信對未及經歷的過往、無從探知的未來，義芝仍將繼續在想像中揣摩、繼續藉閱讀揣摩那些看不見的臉譜；而其下那「碎裂成風的一首歌」：

漂流的江南人帶走漂泊的江北人
漂泊的江北人變身漂流的江南人
不安的海島人迎接不歸的海峽人
不歸的海峽人變身不安的海島人
無名的天下人呼喊未名的天涯人
未名的天涯人變身無名的天下人

相思的中國人等待相忘的台灣人
相思的中國人變身相忘的台灣人

我從漂流、漂泊／江北、江南／不安、不歸／海峽、海島／無名、未名／天下人、天涯人／相思、相望／中國人、台灣人等詞彙的組合、錯置，又似乎看到義芝不僅對上一代個人、家國的板蕩有無限的感喟；甚且對上一世代、這一世代國人的漂流，國族的轗軻，乃至當下「認同」的糾葛，似乎也有他深沉的困惑、無奈與焦慮。綜此，我益確信：終有一日，這些困惑、無奈、焦慮、想像、揣摩、感喟，都將繼續譜成更巨大的動人詩章。

在本書的〈後記〉題下，義芝特別寫道：「紀念　父母那一代身經戰亂苦痛的人。」而在〈黑夜的歌聲裡〉，他說：「我寫詩，不只獻給至親者／是獻給動亂時代一切的人」，「我但願流水有歌聲回應／讓黑夜的歌聲一句句傳遞／一句句天光」。我一字一句緩慢、虔敬的閱讀義芝這本詩文集，內心充滿了沉痛、悲傷。它讓我想起自己的父親、母親，以及父親投身抗戰前在河南老家的妻子他們艱苦不堪的一生——那不啻就是義芝父親、母親、三娘的複刻！我因此又有無窮的愧怍與悔恨，因為我對父親來台前的種種，包括父親與母親如何相識、如何結褵，都一無所知，也不曾詢問。很多年以後，我才終於體會，「不堪回首」就是他們滴血滴淚的內心的寫照，所以他們不說不談，只埋葬在自己內心深處，希望忘卻。

他們設法忘卻，但我們絕不能忘卻；千千萬萬的後起者不能忘卻！我想起二〇〇九年七月齊師邦媛《巨流河》出版，她在序裡這麼說道：

這本書寫的是一個並未遠去的時代，關於兩代人從「巨流河」落到「啞口海」的故事。

二十世紀，是埋藏巨大悲傷的世紀。

第二次世界大戰之後，歐洲猶太人寫他們悲傷的故事，至今已數百本。日本人因為自己的侵略行為惹來了兩枚原子彈，也寫個不休。中國人自二十世紀開始即苦難交纏，八年抗日戰爭中，數百萬人殉國，數千萬人流離失所。一九四九年中共取得政權，正面抗日的國民黨軍民，僥倖生存在大陸的必須否定過去一切。殉國者的鮮血，流亡者的熱淚，漸漸將全被湮沒與遺忘了。

很顯然的，齊老師不忍讓這段歷史以及其中有名、無名、未名的人被湮沒遺忘，所以在她年過八旬以後猶奮力撰寫《巨流河》。十五年後的今天，義芝將《遺民手記》問世，分明也基於同樣的「不忍」。然而，我們還需特別理解到，義芝此種「不忍」並非始於今日。一九八五年他發表〈南京檔案一九三七〉，四年之後，他出版《新婚別》。三十多年來，他始終陸陸續續寫著關乎父親那一代、我們這一代，中國、台灣的詩，它們反映了義芝「不忍」之心的特殊關懷——正因為這種「不忍」之心的特殊關懷，讓《遺民手記》有了與司馬遷撰《史記》相同的精神、志意與格調。我相信義芝這樣的作品必將傳世，也由衷希望他繼續寫下去。

二〇二四年七月二十日

# 記憶的沼澤與提升

## ——陳義芝詩集《遺民手記》

陳育虹

這是一本令人動容，分量極重的書。

我甚至想，自一九七七年陳義芝出版第一本詩集，這該是他念茲在茲，此生必定要完成的作品，一個功課。

上世紀後期，移民族群最多樣的美國興起一波「尋根熱」——四百年間，因不同緣由遷徙到北美，為數眾多的歐亞非移民後代，開始試著以科學方法追蹤血緣或族裔源頭。經過一段時間，有人似乎感覺單憑基因測試為據，缺少個人故事支撐的尋根結果，意義並不大，於是坊間逐漸出現了包括小說、回憶錄或傳記等各種面貌的家族史著作。

陳義芝的《遺民手記》，應該可以界定為這樣一部家族簡史。當然，與一般家族史不同的是，《遺民手記》的文體結合了詩與手札。詩人用整本書的長度，化身為當事人、目擊者、代言人或傾聽者，從各個角度敘述他的家族離亂故事。因為時空的貼近，因為人事物的明確，書中一切的發生給人一種沉甸甸的，沉浸式的真實感。

以詩寫史並不容易：做為一部簡史，它必然涉及時空變遷的繁雜；做為一本詩集，它又必須保有作品的精純。詩人該如何處理這兩個對立的要求？他要如何說，如何結構他的故事？

他的靈感似乎是來自交響樂。

交響樂通常有四個樂章，作曲家會用幾種節奏不同的曲式呈現作品；樂曲有時以線性前進，有時成環形轉折。陳義芝的《遺民手記》依照故事時地、情節、敘事視角或格式的變化，也分成四卷。為應對那密度極高，幅度極廣的內容，詩人不採平鋪直敘手法，而是從片斷事件的核心切入，伺機迂迴進出、跳接、倒敘，如入意識之流。

❖

詩集開篇是總長六百行，十一首組詩合成的「卷一・遺民手記」。詩人以全觀敘事者身分講述父親「你」，一個鄉紳之子，如何無預警地捲入戰爭，從此別離至親故里，人生的路也徹底轉了方向。整個故事從〈一個人的逃亡〉途中說起。時間是一九四九年，內戰末的關鍵時刻。名叫家亨的「你」已離家參軍十三年：

睜著眼睛，走著走著
熟悉的同袍一恍神都不見了

詩人跨越界線，走進父親的生命記憶，那充滿困惑，煉獄般的世界：

像夢中的家屋被煙浸染
被黑燻黑……
打開一扇黑窗
母親在窗外哭喊著家亨啊家亨

……打開一扇黑窗
哭喊的女人走進窗裡

窗裡窗外都是黑暗，都是哭喊。流亡的路上處處蒺藜、酸果樹、野狗、蟻窩及蛇穴。行行重行行，詩人時而以具象的畫面展現情境，時而以魔幻的語法以虛寫實：

你注定要遺漏一些斷裂的情節
例如童年的雨下在鑼鼓聲的隊伍
陽光催熟金黃的情慾
在土裡翻動潮濕的春天

記憶的抽屜一個個打開：私塾習聲律，槐林學鑄幣，黃包車夫與小販的吆喝，運水車的膠輪轆轆經過，槍林來彈雨去，盜匪荒年死生契闊。在逃避與延宕中，家亨終於進入那最難面對的一役：

衝鋒槍，手榴彈，吹號聲，肉搏聲
手槍上紅槽，步槍上刺刀
炸城牆，戰橋頭，橋頭久攻不下
白刃戰，戰鬼坡，鬼坡軍情不通
電不通，不通，緊急救援不通

描述戰爭的場面無需象徵或隱喻。這裡，層疊的名詞也是動詞；文字的節奏就是事發當下的節奏。這鐵板快書般的段落，瞬間把我們帶到戰場，目擊一九四四年高黎貢山那場腥風血雨。而故事在此急轉直下，匆匆就到了多年後家亨埋骨的台灣……

陳義芝的情詩傾向含蓄幽微以藏匿澎湃的情感，談論社會議題的詩則率真耿介直面癥結；但這描述家族悲歌的十一首詩所呈現的，是一種沉澱再沉澱，極度濃縮了的心境。那壓抑在字行間的，是對人生的洞察和接受嗎？

❖

「卷二・遺民後書」接續卷一的故事，詩人這時由幕後現身，以參與者「我」的身分，描述父母遷台後的景況。他依家人先後落腳的花蓮、彰化、台北三地為界，將卷中九首詩分成三組：〈居住在花蓮〉、〈溪底村剪影〉及〈北海岸潮聲〉。

熟悉陳義芝詩的讀者知道，這寫於一九九一到二〇〇二年間的九首詩，曾分別收錄在詩人《不能遺忘的遠方》、《不安的居住》、《我年輕的戀人》及《邊界》等詩集。經詩人重新編整，現在它們以更清晰的脈絡展現在我們眼前：

居住在花蓮
我的父親和逃離戰場的梅花
我的母親和神祕的月宮寶盒
梅花萎落在一則被俘的
流言，父親脫下了軍服

月宮寶盒打開時
母親的電影也散場了

藉著梅花及月宮寶盒的轉喻，詩人寫出父親過往的榮耀和失意，與母親落空的青春夢，也掀開了年輕夫妻正要面對的挑戰。四川的家已遙不可及，他們便選擇在名字親切的「重慶街」賃屋：

我看見我的哥哥徘徊在垃圾堆邊
我的姊姊唱著妹妹歌
背著一具斷了臂的洋娃娃
居住在花蓮
我趿了一雙膠鞋走去大街
抓了一副紙牌站在家門口
跟著父親過河去山村換小米

在此，詩人以最平實的語法，最低緩的聲調，回憶那長久鐫刻在心的童年往事：同鄉會找鄉親，天主堂領奶粉，雜貨店賒賬，城隍廟看哭調仔，以及地震和甘蔗田……這兒時惶惶然的花蓮記憶，我想，與楊牧的花蓮記憶必然是不一樣的吧？

鎩羽花蓮，便南下彰化溪底村墾荒。「馬燈掛在漆黑的夜裡……冬天才剛開始」，窗台上斜掛玉米和番薯，竹竿上晾著麵粉袋衣褲，塗葛窟與牛軛與輪番來到的風災水災。阿山仔忙著重拾戰亂中失去的一切，彎下腰身養豬養雞，種洋菇種蘆筍奮力活下去：

子夜銳嘯的風削過林梢，透進窗
透入我脆薄的耳膜如一吹哨的巫婆
空中揮舞長黑的掃把
白牙森森，狼群噴吐粉紅氣
「見了生人活剝皮……」

那些人，那些事，那些夢魘。一切如此近如此遠。我不禁又想，陳義芝的溪底村記憶，與隔鄰吳晟的圳寮村記憶是否也不一樣?其中的差別，會是心理上的，失根與在地的差別嗎？

我同時也想到艾特伍那本移民敘事詩集《蘇珊娜・慕迪手札》。主角蘇珊娜年輕時隨英國軍官丈夫移民加拿大，晚年夢迴墾荒初期種草莓，草莓成熟，她屈膝去摘，掌心沁透鮮紅的汁液。她說「我早該知道／這裡不管種什麼／長出的都是血」。或許，從來，流血流汗就是移民的宿命。

❖

卷二結束在台北。垂老的父親日益沉默，卻「時常打電話和我／討論土葬火葬的事」。事情到此已很明白：一代人，和他們的時代，確實過了。

我和我的家人生活沒什麼兩樣
卻以不斷重複的夢境

翻拍他們的舊照

翻拍他們的舊照，或者，寫詩。

詩是追逐；追逐那彷彿離我們只有十公分遠，卻似乎永遠無法企及的，瞬逝的，被壓縮的生命、記憶、夢境。「卷三‧離亂備忘錄」的時空便如此直接倒帶，回到家亨那不能遺忘的遠方。這次，家亨以當事人「我」在〈出川前紀〉中出現，回憶家鄉：

松木打樁
柏樹插柱
家門，據說青瓦為尋常百姓
紅瓦一一浸染過前朝功名
凡廳堂都安置天地君親
廂屋接待詩書易禮
至於路邊，喏，閒閒地

開著茶館和菸館

他娓娓敘述如何「六歲的我任由大人抱著磕頭行儀」桃園結義；如何「母親捧了三升米到學堂給師娘」；如何「隨父兄穿峽走江……船上運補一包包川杞、蟲草和貝母」，沿江聽縴夫唱和；如何父親病重，「每天，我都要跑十華里路／上街去抓藥」，如何小腳茹素的二姨在荒年被棒老二擄走，「一身血汙冷冷地裹在草蓆裡，丟回來」。在故里舊事的襯托下，那被戰亂模糊了身影的家亨，有了活生生的立體形象。

〈新婚別〉、〈他和她的夢〉兩篇裡，詩人為父母代言，袒露各自的人生憾恨。卷末〈隱形疹子〉、〈破爛的家譜〉，詩人再次以參與者身分，描述陪伴耄耋之年的父親返鄉之旅。悠悠天宇曠，切切故鄉情，「翻過山，就會看到老家」，鄉音未改，但故鄉已不是記憶中的故鄉；故人重見也注定又是參商。臨行，詩人與親友道別：

鬍子拉撒那人頭上紮條諸葛巾

兩腳泥蹦蹦，是我堂哥……
他拿出那本破爛的家譜
指給我看
「從來萬物本乎天」

作傳，是面對。面對自身的脆弱，面對一切的能言不能言。往昔的傷痛，除了帶給我們不安與困惑，還能給我們什麼呢？或許，就讓我們相信布萊希特說的：「在黑暗年代也會有歌嗎？有的。也會有歌，唱那黑暗的年代。」

❖

對於《遺民手記》的成書，他無疑先就做了全盤思考。在時空跳接、視角流動、人事織錯的三卷詩之後，他安排了散文體「卷四・散繹13」為書總結。在這十三篇構思緊密、飽和度極高的手札中，陳義芝除了回到全觀敘事法更清楚地梳理、陳述父母的過去，也夾敘夾議從旁表達他對人事的感知。他以台南延平郡王祠沈葆楨題的對聯起筆：

「洪荒留此山川，作遺民世界」，四百年前的遺民，開山草萊；四百年後的我，是什麼時刻開始反思沈葆楨這句心頭的話？

洪荒在我內心，是父母上世紀身經的離亂。

是移民，也是遺民。四百年來，世間的遺民持續增加，世間的不幸也總是一再重複。詩人細數父親經歷的戰事：九江、馬當、武漢、鄂北、上海保衛戰。轉戰十餘年間老母病亡、幼女夭折、元配改嫁，他隨軍撤退，由上海而海南島而基隆，最後到花蓮經商，到彰化墾荒……。母親的流亡路也波折迭起：膠縣、青島、南京、上饒、廣州、基隆，在途中懷孕生子，幾度病危死裡逃生。陳義芝多次引用杜甫詩句：「天地軍麾滿，山河戰角悲」，「君今生死地，沉痛迫中腸」。一千兩百年前的杜甫也經歷過同樣的亡命歲月啊。

詩人對父母的際遇充滿不捨。可以說，在種種細節的探索中，詩人更深刻地認識了父母，也承襲了他們心靈傷痕的印記。他藉這部作品為他們設立一個舞台，帶著同情與體悟，替他們說出他們的故事，而那些故事也是一個時代的故事。是的，《遺民手記》是一個離散家族的悲歌，也是巨變時代的哀歌；它寫的是個人的傷痛，但其實更是集體的傷痛。

「詩是醒著的墓碑」，詩集最後陳義芝這樣寫。那麼，或許《遺民手記》是詩人為所有遺民譜寫的《命運交響曲》。

❖

而到底是什麼啟發了他繼九本詩集、五本散文集、六本文論之後出版這結合舊作與新編、詩與手札的《遺民手記》?是惠特曼嗎？

被視為美國現代史詩的《草葉集》，是惠特曼由最初發表的十二首詩，經過九次增補修訂，窮一生精力完成的詩集。他曾說《草葉集》裡沒有英雄，只有他個人的生命經歷，是他時空當下的如實記憶。陳義芝增編他自七〇年代開始寫的系列家族故事，在父後二十年完成《遺民手記》，憑藉的應該也是那如實記憶的整合、集成、一體化。

這部家族悲歌也很難不使我聯想到畢卡索的《格爾尼卡》。一生不涉政治的畢卡索於一九三七年畫了一幅三百五十公分高、七百八十公分寬的大畫《格爾尼卡》，主題是格爾尼卡小鎮在西班牙內戰期間遭納粹及法西斯軍隊轟炸的慘況。它是公認歷史上最動人、影響力最大的反戰畫。

在文章結尾，讓我也說一個關於戰爭的故事：

二戰後，匈牙利阿布達水壩附近一座亂葬坑，挖出二十二具集體掩埋的骸骨。編號十二的骨骸上有這樣一張報告：

「它附著一張米克羅許・拉諾提博士的名片。身分註記：母名約娜・葛羅斯，父名難辨。出生：一九〇九年五月五日，布達佩斯。死因：後頸中彈。後褲袋有一本淤泥及屍水滲透染黑之小記事簿。記事簿現已清潔曬乾。」

報告裡的主詞「它」之後證實是「他」：猶裔匈牙利詩人拉諾提（Miklos Radnoti, 1909-1944）。拉諾提一九四四年初被德軍送往南斯拉夫勞改營，德軍自知即將戰敗時，將三千勞役遣返原籍，一路步行，最後僅二十二人抵達匈牙利，其中包括拉諾提。這二十二人於次日遭集體槍殺。

在勞改營中，拉提諾私藏了一本小記事簿，寫了十首詩，並以匈牙利文、克羅埃西亞文、德、法、英文加註：「此為匈牙利詩人拉諾提所作十首詩，敬請代轉布達佩斯大學歐圖泰教授。」他後褲袋裡的，就是這本小簿子。他的家人也因而認出那具骸骨就是他。

與拉諾提同庚，《遺民手記》的核心人物家亨也是戰爭受害者。當然，家亨倖存了。家亨並不寫詩，但和拉諾提一樣，家亨的故事也留了下來，因為他的孩子是詩人。

二十歲從坦桑尼亞移民英國的諾獎得主古納（A. Gurnah）經常以移民及戰爭傷痕為書寫主題。古納認為移民的原鄉情結是源於「所遭受的不公義未獲補償，一種渴望未被安撫」。移民不能遺忘故土故人，因為遺忘彷彿就是背叛。「原鄉記憶像一個沼澤，它時而會襲擊我們，讓我們悲傷、顫抖；但如果幸運，我們會因之得到提昇，寫出豐富動人、甚至美麗的作品……」

那沼澤，也襲擊了陳義芝，並提升了他。

二〇二四年六月二十四日台北

35．記憶的沼澤與提升

# 氓【序詩】

有許多聲音
述說悲哀的天氣
在生死遺忘的身體
命運藏身的心房
我設想

你的名字比風聲
早一步穿越那片曠地
天亮時風聲變得淒厲

獨行，渡河
浪，為你斷後

我記得
你帶了一個皮箱一柄刺刀
皮箱沿路收納逃亡
刺刀生出血紅的鏽斑
當我瞇起眼回望

回望時間的火光
我問傷痕累累的硬土
有人還要走多遠才能
抵達昨夜——
遺忘的昨夜

即使睡夢，你仍不停地走
涉過三十條河
不知還要攀越多少座山
走過一萬個白日
不知為何還有三千黑夜

荼蘼開盡了，道路一片白
聲音滅不掉的火光
在晚秋，在暮冬
在你心底
撒落一層又一層的灰燼

二〇二四年七月五日改訂

# 卷一　遺民手記

終於有一塊立足之地
不再被問從何來，也不再往哪裡去

# 1 一個人的逃亡

睜著眼睛，走著走著
熟悉的同袍一恍神都不見了
沒有一個鄉親的野地，你四望
只有你這具活著的軀體擺動腳步

樹搖晃，山巒搖晃
空中一個透明布幕也在搖晃
你期待看見什麼
紅星似在遠方卻在近前

聽見體內喧譁的血
看不見車馬，但有流民奔行
看不見船隻，但見人頭掀湧如浪
逃亡是共通的語言

你向西走，向東走
不向東走就向西走
遠戍十三年啊一個兵丁
荒野收納乾黃的草芥
暴露一灘又一灘火痕

越過一條山溝你越過山
慣於沉默的嘴你無聲吶喊
焚風吹著，你的臉被風吹皺
像夢中的家屋被煙浸染

被黑燻黑

嶺頭殘破的旗
入夜閃爍成野火
你忘了昨日也忘了明日
去到想去或不想去的地方

打開一扇黑窗
母親在窗外哭喊著家亨啊家亨
家亨？你還能祈求什麼
打開一扇黑窗
哭喊的女人走進窗裡

襁褓中沒有聲息的
女兒的臉也跌落窗裡

家亨，你的譜名
跌進時光悲哀的誘惑裡

曾經開木料場是木工，被拉伕
你追逐槍聲也被槍聲追逐
槍聲包圍一個又一個戰場
如果躺下，就是家

鐵路線上的逃亡也是戰場
人馬喧闐，當你暗喚自己的名字
山頭露出雜沓的月光
野地覆蓋著草黃的敵兵

躲在濃密高低的樹與樹中
你不知身在何處，你是

結滿朱紅酸果的
一棵孤單的樹

一隻白鳥墜落蒺藜堆
蒺藜感受到血的刺熱
你蹲伏荒村廢屋，硝煙過後的
荒村只剩撕碎的狗哭

黑窗搖晃幽黯的叢林
有野狗一群群奔跑不知發生了什麼
有鱷魚浮在沼澤一對半開半閉的眼
有人跟著黎明，有人黑夜

雁群向東，羊群向西
螞蟻築巢，僧人持缽

你漫無目的跟著思念的風
像蚯蚓翻掘十三年前家鄉的泥土

# 2 測字：以家亨之名

江流在彎道處沒入眼底
一根浮木還在水漩中
你向南走，向北走，停步
你向前走，又踅回，抬頭

盛夏的樹無風抖動
空中篩下的光像一隻天蠍入夜
浮木回流，繞圈，無法脫困
一條蛇迷走進光的塵埃

走過午後那座荒涼市集
石板路的轉角豎著一面旗招
時來運會轉，你想起兒時
鄉里中的桃園結義

想起兒時江邊碼頭的市集
時來運會轉，轉而參戰，被俘
此刻你孤身彳亍在陌生地
求一個垂眉相士為你測字

測啥個字？藍袍相士閉眼問
你隨手寫下亨字，前程問去路
烏雲在天雷擊在地，他說
各人吃飯各人飽，焉得亨乎

一襲寬袍無風而鼓柮
悠悠道雖亨，惜不遇時啊
嘆息如傳音入密
你感應到他閉眼時的感應

又聽他氣吐金石
何須問關河？何必問家人
亨字腳下既著火，顯見家已烹
后土成了砧板豈不將一亨字
切分成：二，口，了

你茫然收下相士惋惜的目光
不知還有什麼將要來臨
然則：先生莫失神
須知困字猶有木支撐

陽光陰晦仍有破碎的光縷
如蜘蛛絲在你眼前嬉戲
你感應天邊那條蛇莫非是
水中浮木，一時
化成了心上那根悲哀的弦

而黃昏久久停駐相士攤前
你返鄉尋路的心，也停駐在那座攤前
眼前沒有水浪卻有喧譁
像血的激流

# 3 一溜矮簷一張桌旁

翻掘家鄉的泥土
彷彿前生又前生
久遠已久遠的記憶
你拉開心頭一軸長卷，看到
綠蔭中的茶館坐滿了人

走到江邊
露天茶館正在躲警報
沿著江你想找船過江
對岸的山高聳，林木搖晃

顯現一種安靜的猙獰

聽不到從前的鳥聲
二十年前你在江流另一頭
坐定黑油面紅油腳的高桌
早一碗茶，午一碗茶，晚一碗茶
江水注入爐邊的沙缸

二十年前，青色茶煙在眼前晃悠
茶湯在火爐吱吱作響
當幽靈唱起悲傷的歌
村人用贖金交換了盜匪的擄掠
家人用白泥填飽秋來的饑荒

坐困茶館，憑窗地北天南的想

坐困茶館與其空談老鄉
談婦人的體態男人的賭台
空論山川之大蒼蠅之小，權勢與西崽
何不出走

但你仍坐在
一溜矮簷一張桌旁。竹編的矮凳
伴隨你聽街頭小販的吆喝
聽黃包車夫的叫喊，看膠輪車
大木桶載回一桶桶江水

你聽左鄰談仙鬼，右鄰說軍情
乍聞一縷藥香，原來
楠竹椅坐上一個紮褲腰帶的漢子
倒沖一碗茶以雪花蓋頂

揭起茶蓋，扣在茶船邊沿

他像是起義的農民嗎
在哪一個山堂記名？自哪一個碼頭前來
犯了會規闖了禍，或是
頂著餓殍的臉逃亡的臉

有人抱膝踏出一雙泥汙的腳
有人閉目小憩時而睜眼張一張門外
在渾水亂潑的話語堆裡
那漢子看了一眼你

你還記得那一刻嗎
堂倌提著銅壺為茶碗添水
讀報的人驚呼，看相的人疲憊

你聽到黃金又漲了
有人說，紙幣趕緊脫手吧

55．遺民手記

# 4 無法回頭的訊號

餓殍與傷患現出同一張臉
戰火與百姓搶奪同一條路
投宿在兵荒的客棧
家門已拋在生前，拋置死後

鳥籠的門被風吹開
木造的神龕棄置道旁
不知名的前方瀰漫著霧
看不到路，只隱隱看見
月光捧出半邊頭顱

你凝視激流，不是浮木是斷劍
醒來，仍在冷汗中張望
童年嬉遊的樹林被薄光覆蓋
撒落的桃花是無處可寄的
心底的話

投宿在客棧
隨身物還在？但家已不在
記憶還在？但家人不在
漫長的黑夜過去仍然黑夜
焦躁的黃昏滯留仍然黃昏

你不知道是誰遺失什麼遺忘了誰
是生活？還是命運

是誰穿上粗麻的喪服
遙望啊遙望
原本門庭現在成廢墟

你聽到一首兒歌在裡面在周圍
偶然記起，忽然又遺忘
海馬迴沉積成一座泥潭
蝙蝠群起亂飛
蜘蛛結出一張鐵柵的形狀

肉體像監獄
遊魂在哭嚎
有風穿過一更二更的門縫
有雨打響三更四更的屋簷
雜沓的腳步聲和人語都鑽進夜裡

天色微明
你聽到粗暴的叩門聲
來了？來了
無法回頭的訊號來了

# 5 電光，蟻群，燐火

永不回頭的訊號如電光烙印了你
烙給你一個兵籍號碼在左胸
一九三七，讓生養你的江水帶你出川
出川去做一個他鄉的人

當你來到童年來到的江邊
還能聞到木船之上川杞蟲草的氣息
遙想夾岸山巖之後的山林，你奔跑
此刻彷彿聞到縴夫光著身子的汗氣

你想自己搖櫓出川，自己掌舵
但你失去了自己的舵
帶著一紙軍令
你想重返山間，騎馬於石板路
但你只能徒步無法回頭

曾經誤入一座槐林
野煙繚繞，你遇見一長鬚散髮人
守著火焰的石窯，冷凝的熔爐
他鑽研鑄幣，自言自語道
蘑菇是伸自地底的手指
銀元是天降萬民的光餅

摸索石膏的幣模，你
看他描畫一方方仿龍洋刻版

投入石炭投入鋯英石，他鼓動著風輪
直到鋅氣冷凝，熔爐爆開
遺留一地扭曲不成樣的鐵塊
槐林成了一張焦黑底片

隨著砲聲你猛然
從後方被保送到前方
槍砲為你開出一條新路
一條出川的路

起始於暗夜火把叩門聲，此刻
你望著湯湯的大江思索
什麼東西像漩渦什麼時候能回頭
惶惶如蛇的前途
你驚訝於水的生成，水的逝去

逝水賭命向遠方奔騰
只偶爾在彎道洄流搜尋餘命
你聽到噠噠噠，咻咻咻
槍擊驚動亂葬崗回了魂
吉普車翻覆於山溝

草的手臂投進壕溝
樹的頭顱投進彈坑
追兵像夢魘追你，追你的飢餓
赤腳的人奔逃於棉花田穿刺長鐵釘
敵人的子彈與你擦頸

你問為什麼垂死的悲哀
變成不如睡去的誘惑

為什麼偷生的念頭變成
一支支破敗的旗幟

你問為什麼
人在白天變成蜿蜒的蟻群
夜晚閃爍成一點一點的
燐火

65．遺民手記

# 6 第一個抽屜

閃爍的燐火告訴你
如果半個世紀前是前生
此刻已是來世
你注定要遺漏一些斷裂的情節
例如童年的雨下在鑼鼓聲的隊伍
陽光催熟金黃的情慾
在土裡翻動潮濕的春天

一個個發光的抽屜在蓮塘
你打開，星光像天使手擎花梗

躲在蓮座下，雲影是撩人的髮
心思夜遊，你往林深處走
遠到最幽邃的山谷
東冬江支微，魚虞齊佳灰
那是進私塾學聲律的你

清清楚楚記得，雲對雨，雪對風
記得兒時，晚照對晴空
而今來鴻對去燕
不敢拉開的抽屜藏著蟲鳴
你看不清這人那人的臉，但見
騎樓下一個破行李箱
街角一個汙穢的垃圾桶

摧折的龍鳳旗你仍不時夢見

夢見開山堂，跪拜劉關張
煤氣燈圈起一座陰鬱的桃園
兒臂粗的紅燭，火竄竄撲騰
一拜，穿對襟衫的漢子
再拜，共結金蘭的袍哥
檀香飄出無聲的神諭

曾經磕頭的那座樓閣
——以仁德聚義，已遭毀棄
湧出熱泉的水井漂著那年歃血
今已撕毀的星圖
你遙望一座空闊無人的院落
有人坐在塵灰滿布的地上
被自己遺忘

你問那年的你去了哪裡
從前的雨落在誰家屋瓦
何其匆促啊，借來的時間
因戰爭而流亡
因流亡而遺忘
雨落在借來的路上
積水已淹至脖頸

# 7 第二個抽屜

一枚枚棋子都被那隻扼頸的手
操控。對弈者是火，是灰燼
是陌生的骨肉分離
無馬可騎無車可馳的棋盤
你不在帥的身邊不受士的保護
炮在頭頂徬徨，象遠遠地觀望
地面是凍結的空氣

一九四九，鐵路時不時像扯斷的絲繩
山崖邊有斷腿的馬屍

棘藜叢暴露一口枯井
結冰的路像鋪了厚玻璃
玻璃底下躺了一襲藍衣看不清臉
火車走走停停
煙突響起嬰兒般哭號

你退縮到樹林一角
黑夜是軟弱的君王
黎明是噬血的戰士
你不知要不要跨越紅黑相間那塊地
誰知誰是塵誰是土誰是泡沫
誰知誰是風中一聲聲嘆息
天被迫憎怨，地變成囚徒

你分不清黑棋紅棋

日入而行，日出而隱
日是籠罩棋盤移動棋子的那隻手
棋盤是永不打烊的
獸的競技場
你用每一日的死為每一日的生布局
用每一日的生祭悼昨日的死

73．遺民手記

# 8 另一個抽屜

今夜你打開另一抽屜
打開一個屍橫血染的壕溝
一個死傷枕藉的村子
懷抱嬰兒的婦人正驚懼地
望著天，望著
一窟呻吟的血喉嚨，一群鬼影
一顆蠅蠅嗡嗡的頭顱

你想起年輕時的江湖夢
管它天多高，騰雲上九霄

不怕地多厚，人人都在地上走
此刻你活在愈來愈長的白晝
像風中曝曬的陳皮
懷揣盜汗的麥冬
暈眩的天麻

今夜你再度走進那茶館
搜尋記憶，擺出一把茶壺在中間
兩隻茶碗分左右。聽人問道
先生要什麼茶？你說紅茶
先生哪裡來？你說山裡來
祭拜魯班多年，你隱遁山林
求做山民，煉他一生的丹爐

一生的丹爐只煉出一場空夢

無法以枸杞造血，以杜仲強筋
無法澆鑄自己的體氣以黃耆
如同以蟲草滋補，打磨
一個頭虛腳腫的時代
無法治煉太平的身世
沒有人不是贗幣

搜尋記憶你行至陌生的渡口那天
不知多少個項羽曾困在戰場
多少個虞姬死別在家裡
淒咧咧，淒咧咧，天陰鳥就叫
水中有流屍和泡沫
你已遺忘家在遙遠還是在心裡
不知前方是漢疆還是楚界

騎著馬往前衝其實是往後逃
你，茫然地奔向天邊伴隨
一雙不閉的眼，聽一聲聲家亨的呼喚
童年被清末遺留給民初
青年被抗日遺留給抗共
中年被大陸遺留給海島
晚年遺留一枚印章給一支手杖

# 9 那座山頭，草叢白骨

必定是一場噩夢為你蓋了印
又教一枚血印作成噩夢，否則
那座山頭不會老是火光轟轟
風，風，風在山嶺哭喊

三十年後你仍記得那場血戰
一九四四，高黎貢山，北風坡
冷水溝高地，苦竹林
飲馬水河，拐角樓

你奉命偵察敵情
藏身一棵大樹下，一片黃葉
飛墜你軍服左口袋
葉梗勾住左心房，預知不祥

野砲越過頭頂落到後岩頭
噓噓噓像人狂吐殺氣
難忘土牆後的砲彈爆開
你滾落五公尺遠，斷了臂

血腥火藥彌漫的山頭
重砲射擊，山砲射擊
觀測手，彈藥手，射擊手
衝鋒槍，手榴彈，吹號聲，肉搏聲

手槍上紅槽，步槍上刺刀
炸城牆，戰橋頭，橋頭久攻不下
白刃戰，戰鬼坡，鬼坡軍情不通
電不通，不通，緊急救援不通

傷兵，陣亡兵，擔架兵
慰勉者，訓話者，督戰者
入夜雨水下在一座座無字碑
徒手兵伕衝向懸崖

碉堡橫陳著屍體，樹椏上吊掛著殘肢
三千四百公尺的高山俯看一條大江
黎明像一長髮飄飛的幽魂
透明於水光倒映中

狙擊手的子彈劃破黎明
你再次被死神推開五步
與邊城的瘴氣巷戰
與鬼子巷戰，在陰陽分隔之際
打撈記憶

你也曾在另一個戰場衝鋒，難忘
草叢中的白骨十字架
在另一個江邊死守一挺機槍
燒紅的槍管不能挽救一連弟兄
都成了國殤

垂老之年你仍記得將軍的悲吟：
江水起毒浪，山險滿蓬蒿
仰攻實艱苦，將士不辭勞

屍橫貢山野，血染怒江濤
青史竹帛上，烈士歌聲高
迷霧罩黑泉，征人痛心腸
血戰二月許，片瓦無存矣
全連犧牲盡，草木亦嗚咽
………

83．遺民手記

# 10 一條皮尺怎能丈量一生

草木亦嗚咽。你只好
沿一條無岸的河走
河沒有話說只向著落日走
草木亦嗚咽：什麼地方才是岸
什麼時候才叫抵達

像風一樣無依
最輕賤的是什麼
相思嗎
什麼夢中有從前葬身的激流

燃燒的河嗎
什麼東西是後來守夜的幽靈
遠處的風雷嗎

蟛蜞菊啊咸豐草，筆筒木啊芭蕉樹
是誰把生活判死
餘生只剩一窪乾枯的泥塘
遠山一幢黑屋
田畦一把斷鋤
風中一隻飄搖的白鷺
飄搖作你的家人

終於你坐上返鄉的滑竿
從前的官馬大道現在是羊腸
一九八八撥開大雨簾幕，乍然推開

關閉四十年的門窗。你翻看
家譜：信維家之真……
維字輩的父親彈斷了三弦
家字輩的親友還拉著悠悠胡琴
之字輩的兒女緊跟在淋漓雨中

家亨？你仍記得仁字旗的碼頭嗎
行客拜坐客，會客求張羅
從前的渡口而今黑乎乎
你翻看家譜，對照堂號
冒著煙氣的茶屋傳出隱語
抽著水煙袋的當家比出手勢
一條皮尺怎能丈量一生
零落的淚水不能滴穿黑夜

# 11 石碑與遺民證

天亮，還在尋找什麼
已經變成咳嗽聲的槍聲？或是
變成不規律的心跳聲
這一尺見方的居所
是靜寂的墳場不是戰場

血腥在熱風中淡去
暗夜的飲泣已遠離
大海在東北方翻湧
白浪噴吐沉沉的聲響

黃昏過了，天空從粉紅
變作鮭魚青，一輩子過去
世界獨留你一雙孤獨的
蒼茫的眼

一生匍匐的你，而今無聲無息
睡入一個長眠的閘門
深水中定格的海溝
死亡開鑿的坑洞
二〇〇二以至於二〇二三

晨昏依舊相續
靈魂始終在那裡
仍然朝曦，仍然晚霞

神的日子不會死滅，然則你呢
還有無數的
他他他……來自

山東的濟陽，山西的太原
河北的雁門，甘肅的隴西
浙江的吳興，安徽的高平
河南的南陽，湖南的武陵
陝西的馮翊，江蘇的東海
江西的南昌，湖北的江夏……

記得前生的地名，放下
今生的親人，任風聲
抖動動盪的舌頭
潮聲拍響一條更古老的河流

像在地底，也像在脈搏裡
終於有一塊立足之地
不再被問從何來，也不再往哪裡去
你終於有了一張遺民證
天涯頒給你的
落在人生之後的

•後記：始自日本侵華，以至於國共廝殺，一九四九年前後，一定數量的民國人經歷戰爭，避難，跨海來台。

# 卷二　遺民後書

建草寮，闢地，養豬，生孩子
在無知的海濱他們終歸於隱

# 居住在花蓮

## 一座生活的十字架

居住在花蓮
我的父親和逃離戰場的梅花
我的母親和神祕的月宮寶盒

梅花萎落在一則被俘的
流言，父親脫下了軍服
月宮寶盒打開時
母親的電影也散場了

清冷的重慶街上父親無賴地走著
虛曠的中華戲院母親虛靡地坐著
居住在花蓮
我的父親和悽惶的同鄉會
我的母親和法國神父的天主堂
悽惶的同鄉死在方言的辯論
遙遠的天主死在牛油和奶粉罐裡
還有我的哥哥和逃學的明義國小
我的姊姊和拜拜的城隍廟
哥哥在鐵道上堆鵝卵石
姊姊在戲台下撿紅辣椒
剩下父親和憤激失聲的四川話
母親和鑼鼓伴奏的哭調仔

居住在花蓮
我的父親和小小的雜貨店
我的母親和門前的橄欖樹

小雜貨店進出著柴米油鹽，賒帳的人
大橄欖樹圍聚著生老病死，清不掉的帳單
父親茫然的忙碌和母親著急的痛苦，合成
一座仍要生活的十字架
在三天兩頭的飢餓中
在連續不止的地震裡

老鼠躲在地瓜田
風起伏在綠海一樣的甘蔗園
我看見我的哥哥徘徊在垃圾堆邊

我的姊姊唱著妹妹歌
背著一具斷了臂的洋娃娃

居住在花蓮
我趿了一雙膠鞋走去大街
抓了一副紙牌站在家門口
跟著父親過河去山村換小米
跟著母親去車站送紅眼睛的小白兔

在唯一的小黑板上畫星星
在山洞的這一頭喊
花蓮——坑道的另一頭傳出
哇哇的回聲
我追趕風中的碎紙片顫動的鐵鈴鐺
把玩伴的名字埋進後院土堆

撒泡尿小心地守護
睡著時看到火光明滅的家

離開花蓮，終於
越過山越過海
父親到遠方去墾荒地
離開他的同袍，回鄉的夢
母親到遠方去幫傭
忘記她曾經是千金，翰林家的曾孫女

越過山越過海
哥哥到遠方去讀未完的小學
姊姊到遠方去傷心地哭泣
我到遠方去做什麼呢

越過山越過海越過時間
在燃燈的隧道
乘暗夜的火車
不斷地翻撿啊翻撿
我的記憶
回花蓮

## 每逢起霧就想起

每逢起霧就想起
那棟老厝，在花蓮
重慶街，浸在火焚的煙霧裡
像曝光的照片看不清楚
只露出一列屋瓦

三歲的我坐在霧動的屋瓦上
霧，在花蓮的清晨
看不到山巒蜿蜒的鐵路
只隱隱感到震動
火車自遠而近自天外而來

河，似乎也從天外來
暴雨湍急，皮娃他躍入波中
藏住頭，久久不出來
河又向天外流去
哥哥那班人拾起他的衣褲大聲哭了
排著隊從花崗山走回來

一個挨一個
走入時間的負片，家的盡頭

走入一扇扇關起的門
坐在霧動的屋瓦上
曝了光

遲遲不褪的閃電，那場火
使花崗山也曝了光
四十歲的我帶著一具
童年的老相機，二月的下午
孤零零走回重慶街

走回門前鋪了蓋的河面
聽火車空隆隆響
火舌在鏡頭深處隨鋸木場的電鋸聲
突突向高空衝
隱約有壓低的人語著慌地問

六號，是六號嗎
其實四周安安靜靜
什麼聲音也沒有
下午的陽光斜照馬路右側
一家按摩院

103．遺民後書

# 溪底村剪影

## 馬燈掛在漆黑的夜裡

馬燈掛在漆黑的夜裡
木瓜藏進米缸裡
冬天才剛開始
海濱木麻黃就一排排奔跑
散髮唏噓，又靜止張望
從溪口颳的風，一團人似
急行軍過

屋內燈火無力照料
燒出疹子的弟弟
黃昏血崩的母親仍沉沉昏睡
狗哭斷續，迴盪
一頂扯破的蚊帳
惶惶如泥塗的草繩

來了！馬燈
翻過香茅嶺來了
水尾街上的醫生走過蘆葦地
一隻野鶺鴒竄出
微弱而清楚的雞啼在遠處
夜將醒未醒
漸透出點點的光

木瓜在米堆中痲漬漬變黃
颱風七月，收音機鎮日播報消息
躁鬱的，一鍋熱滾滾
玉米粥的天氣，過午風雨轉急
瓜棚下僵斃許多昆蟲
硬殼的金龜子仰躺著
黑天牛也落難了

到處是枝葉的殘宴
風後，我坐在壓水機旁
用濕布抹拭煙熏的燈罩
母親將吹落的青木瓜擦成絲，托上麵粉炸
「一隻鳳凰養九子……」
曾經纍纍的瓜實流出白乳汁
她的故事摻進一股甜膩的油香

「一隻黑豹披了件紅斗篷，在窗外……」
我按住手指頭微使力
燈罩愈擦愈亮
樹林裡的氣息一天天淡
空氣愈來愈透明，眼看
上學的日子近了

**走過泥牆和竹編的門**

海風從塗葛窟吹來
烏秋搖晃在木麻黃顛
村尾來的那群人站在灰濛濛的天空下
遠看像椿頭，一截截
落盡風霜之葉的樹

林中有枯褐針狀的小枝堆積
雨水打濕了黑色的屋瓦
膨鬆的沙
走過泥牆和竹編的門
有人，扛著沾血的牛軛
一步步走過

天色微明
黃皮包穀紅心薯斜掛窗檯
竹竿上飄著麵粉袋剪裁的衣褲
中美合作
春天握手
配種的豬公無聲走過

酸粒仔葡萄悶在罋裡發酵
含羞草眨巴著眼作夢
四下無人時
紅臉鴨游竄至河上游

有牛鈴碎步一串串，近了又遠
有餓鼠啃咬床柱的聲音
孵不成雞的臭蛋下進鍋裡炒
養不大的仔豬醃漬好
吊在風裡乾

苦楝樹要結果啦
老查甫要娶新婦
當蓖麻子烈日下迸開口
絲瓜花爬滿於籬笆

烏秋往龜子頭的方向飛啊飛
藍天壓不住牠的頂

日影晃晃
無風的下午
黃狗亂吠，屠牛的下鄉
蚊蠅聚在牛圈上空
十月大的牛犢走失於溪床

無風的下午
秋蟬也叫，蟋蟀也鬧
只見一窩雜毛雞仔
啾啾啾地快跑
穿過小廟

## 子夜銳嘯的風

子夜銳嘯的風削過林梢，透進窗
透入我脆薄的耳膜如一吹哨的巫婆
空中揮舞長黑的掃把
白牙森森，狼群噴吐粉紅氣
「見了生人活剝皮……」

見了生人活剝皮，銳嘯的風
子夜削過河川地
人稱海口，正遭伐墾的防風林
咻咻！猛然揚起一輪沙自小路盡頭
捲高，散逸
消失了魔瓶中的巨人

挾著刺人的棘藜
啊！風，捲燒過種洋菇的草房
剷去了青色蘆筍的三角地
在沙田裡，西瓜開花西瓜紅
西瓜因兩岸奪水又都砸爛了
堤上鐵絲網纏絞著血紗布

犬吠作前導
一大群人相背離去
倉皇涉水，暗藏磐石大的恨意
月光遺下斷折的鋤柄劈彎的圓鍬頭
我在恍惚的夢中夢到
沉埋生鏽的刺刀

風是蒙蔽人心的一面黑網

我夢到閩南語「阿山仔——豬！」的詈罵
醒來，山西胡叔頭上紮著繃帶
四川老楊瘸了條斷腿
青空無事，只暗夜裡有人
被石灰撂倒又傷了眼

「阿山仔——」
台灣光復十三年了
一群老兵退了伍，洪荒落戶
「阿山仔——」娶同村河洛妻
建草寮，闢地，養豬，生孩子
在無知的海濱他們終歸於隱

# 埋下汗水的塚

又看見父親的鋤頭在田中起落
日頭已近午，他用力鋤地
母親從提籃端出一缽猶溫的稀飯
置放在一叢矮樹蔭下
約莫四十年前光景

旱地沿著防風林邊線
防風林沿著彎曲的海岸線
那時海有耀眼的陽光劇烈的風濤
不像眼前這一灘冷卻的油湯
那時父親戴著斗笠向日葵一樣
我們也日日戴著它

頂著風濤彷彿要挖出死者的骨骸
父親用力鋤地，而我們
是田中戲耍的稻草人
有時又變作麻雀
飛進陰鬱的防風林
風在林子裡迴旋小廟在更深處

煙雲在天邊飄飛蟬聲大作
我蹲在破陋的穀倉上頭
四處張望我的稻草人
浮起又落下的記憶在海濱
向日葵一樣的那頂斗笠在荒地
父親用鋤頭埋下汗水的塚

# 北海岸潮聲

## 人生的唱盤

父親沒有興致用言語描述從前的事
他快步繞著住家附近的操場走
八十八歲老人擺出前衝的姿態
像十幾歲孩子
繳卷的鈴聲在後追趕

以一雙腳代替答題的筆
繞著操場走的父親

有點兒喘有點兒汗
運動在巴掌大一塊地方
他猛力旋轉人生的唱盤
回憶是跟著他打轉的一支唱針

不願讓父親一人在曠地空轉
我走進操場陪他
想走回人馬喧騰的時代
可是，七十歲時
兒女虧欠了他，六十歲時
金錢虧欠了他，五十歲時
農田虧欠了他，三十歲時
彈片虧欠了他

太多時候世界留他

在黑暗的中心杵立
留針扎的一個小孔
自行呼吸並透出
微微的光
過去的事沒什麼好說的他常說
路要用自己的腳走

操場上的人漸漸多起來
學童們用帶著笑聲的步伐
輕快地跑進來
八十八歲的父親愈發顯得老邁
遲重，沒有能力用言語描述現在
除了痰多
還頻於小解

## 翻拍舊照

父親時常打電話和我
討論土葬火葬的事。十年前
指定我描繪一處向陽高地
兒孫假日郊遊的路線圖

母親四十幾歲開始失眠
暴怒而哀傷。直到她
在念珠撥弄中找回失去的夜
——也是父親的，也是子女的

大陸上的前妻，父親說，叫她
三娘吧。半世紀前她把先生送給戰爭
把女兒送給苦旱饑荒

把自己送進活寡的黑盒子裡

不像姨媽一來台就住南部眷村
一條腿因發黑而鋸掉
老夢見一長列火車
嗚嗚嗚駛進村子裡

老年的舅舅癡呆了
三年前死於養老院。醫生說
他對自己一生未娶
已無記憶，無絲毫遺憾

後來哥哥娶了一位客家女孩
他相信勤儉是愛情的最高點
姊姊嫁給一位本省商人

成衣店裡丈量青春的色澤花樣

表哥得了高空憂鬱症
他原是一位出色的空軍飛行員
妹妹在醫院打胎
她剛和變態的妹夫離了婚

戀愛值得戀愛的春天
有人每晚凝視倚南的那顆星
蓬鬆著頭像秋天
一棵乾黃的樹

我和我的家人生活沒什麼兩樣
卻以不斷重複的夢境
翻拍他們的舊照

# 死者與苟活者

無法想像這裡躺的是什麼人
被戰爭驚嚇三十年
被槍聲追逐三千里
躲在陰影生活又三十年

無法想像他
守衛的陣地竟是誘敵的餌
藏身的土地公祠是敵軍紮營地
生鏽的獎章換一隻斷臂
被俘，給了他一紙退伍令

戰爭遺棄平凡的青春
忠貞遺棄纏綿的病

當一生的痛也遺棄他的時候
他把刺刀戳過子彈射過軍令欺蒙過的
身體交給荒涼的山頭
一個再也沒人追趕的地方

定期來看望的只剩下
像他一樣苟活在陰影裡的家人
不定期的還有山頭的
烈日，風，和雨
全不知戰爭是什麼原因
苟活是什麼原因

# 卷三　離亂備忘錄

人生如寄在江上
無非峰巒、雲霧、峽谷

# 出川前紀

## 家門

背向千年蓊鬱的山莽，遙看
江水吞吐
家門，我永遠不會忘記
不論磚圍或竹籬
天一亮，就打開石板的院壩
年節，迎進
鑼鼓鞭炮喧闐的隊伍

客來
有時是本家親戚一盞
熒熒的馬燈
有時是遠方稀客
一串篤篤的叩門聲響
還有電光石火——
世代祖先都擁著的
「金銀財寶滾進來！」的夢啊

松木打樁
柏樹插柱
家門，據說青瓦為尋常百姓
紅瓦一一浸染過前朝功名
凡廳堂都安置天地君親
廂屋接待詩書易禮

至於路邊，喏，閒閒地
開著茶館和菸館

蓬蓬的生長欲望
啊！含瘡的膏腴田壤
我竟要拜別他去
似門前彎曲的小河離家
一步步走遠
投茫茫大江而去

## 旗向

不記得碼頭有幾堂公口
不記得兄弟相招的旗向
但我永遠不會忘記叔伯親長

——仁義禮智信，松柏一枝梅
行客求盤纏，坐客剖心瀝膽去張羅
教忠，教孝，教我
人生啟蒙的第一課

空氣裡彷彿傳送著清香
我感覺，有一種蠢蠢乎攘臂而起的衝動
但，在後凋的時節，我即將離去
拜別一表三百家的夥伴
投向英風爽爽的隊伍

我彷彿知道要去翻一本艱深的大書
但究竟是什麼樣的一本書
並不十分明瞭
我，在父親的骨罈前跪拜

看煙柱裊裊而起
門庭無聲嘯聚著凝重之氣

「搞三……」
母親輕呼我小名說
已經往三十歲上數的人了
出外，不能再瞎混

## 爐灶

遠行相對母親咽咽地流淚
「搞三——」
二十年前父親也曾這樣喚過我
猛回頭，莫非
命裡果真有許多生剋

父親去世時，我看見
蠅蟲在燠熱的黃昏飛動
夜裡連牆壁也出汗的天氣
他兀自抱著盂盆不放
早晚蜷身拉痢
彷彿要把最後一點精元泄盡

每天，我都要跑十華里路
上街去抓藥
車前、辣蓼、野南瓜根摻攪著
爐灶上始終漾著一股驅不散的水氣窒悶
那年冬，母親日日以精肉熬湯
淬煉五花茶，也不能止住
父親拉稀流濃血的惡況

翻年，桃花盛放的春三月
父親變成一支光瘦的蘆稈
李杏揚眉爭豔，嘈雜得
一家人不寧靜

七月三伏，一天
母親正燒水給父親擦背
我在光景模糊的床前轉過來轉過去
「扶我起身坐坐……」父親說
那時西窗外一片酡紅
天際暗藏幾筆落寞的黑灰

「把那扇窗關起來，快，快！」
他突然大叫
陰晦的室內掛鐘擺過來擺過去

悠悠忽忽。他眉眼翻了翻
頭一仰就不動了
「你爸爸要幹麼？」母親大哭
「大的、小的，都怎麼辦啊！」
親戚聞聲趕來，酉時初交

## 三弦

我不會忘記吹吹打打的喪樂
雖然記憶已隔得久遠
雖然那時我還不到十歲
然而我經常作噩夢
夢見彈三弦的瞎子穿黑衣來到門口
煙熏的黃牙似笑非笑強把
父親的八字帶走

叮叮琮琮，每一根弦絞緊在我心上

我也老是夢見開山堂的情景
兒臂粗的紅燭火竄竄吞吐
檀香一縷縷往上升，往上升
在梁柱間打結化成了神明……
煤氣燈影幢幢氣吁吁
逼人不敢出聲

六歲的我任由大人抱著磕頭行儀
劉關張在上，陰鬱的桃園
肅立穿對襟衫紮褲腰帶的漢子
生氣精猛使
一室之色彩莊穆又詭異
彷如壇神會上一齣戲

或者是一場疑真的幻境

多少年來
當陌生與不陌生的臉孔臨近又退遠
當江湖隨潮汐起落
人間冷暖，我兩頭分嘗

## 山水

這回出川，不是第一次
原想我的心情應如秋後的天空
帆檣如林，若映在
水綠山青的畫裡
鄉親來往鄂蜀有生意

煙濛濛激湍相盪，我記得
小時候曾多次隨父兄穿峽走江
一雙童眼緊抓住一顆童心
最早是豎桅杆的木船
碼頭在縣郊外
順流搖櫓直下到宜昌
船上運補一包包川杞、蟲草和貝母
有時滿載藥材，有時乘坐十餘人
掌舵者臂如強弓目像鷹隼

回程須由縴夫拖拉
上行，似多足的爬蟲
在沙石錯落間緩緩移動
平水挽五十雙手
急灘曳住上百的赤膊力士

我坐在擔架似的滑竿裡
只覺一片茫茫山水
蒸騰出一股血汗賁暴之氣
黑喝——黑喝——
我的鄉親我的叔伯
我遙遙地從陸路望見

他們吃力地躬腰背起竹編的長縴
千年來水中的倒影幾無改變
唯石上多了青苔和刮痕
日日月月曲折的水路更增添了鹽分
剽！聽領隊甩出了一條響鞭
「格老子你還不勾倒咧……」

## 后土

從軍，原非我最終之計
想前方吃緊的狀況一旦解除
我即刻回鄉耕種
牧養牛羊，營建新屋
永遠不再飄盪
與后土培護陽光雨水滋孕的山頭
守祀父親迎供的魯班，儲錢
重整當年廢棄的木廠

火燒，火會熄
水淹，水會退
皇天在上
多少代川人不都是那樣活過來

而輪到我
又會有什麼兩樣呢

**流竄的風**

回想民初，軍閥據地，土匪收糧放餉
當乾旱席捲半壁天
成群的饑民便作四處流竄的風
我的私塾生活同時進行

大道之行也天下為公
我在恓皇中無意識地記誦古人的訓誨
大道如不行，何處有小道讓百姓
在夜晚驚慌走避

平靜最長不過個把月
警鑼就通通急響起
人之初究竟性本善還是性本惡
生之大慾是什麼
還來不及思索
「棒老二」已摸黑
掠鄉而來

總是三打六問，對
後院裡那棵逃不掉的桃花……
小腳茹素的二姨被擄了
即使天亮，又能
到那兒去湊足五百銀元
三打六問，結果

最先送回來一把油灰的長髮
然後是兩隻耳朵
末了，一身血汙冷冷地裹在草蓆裡
丟回來

人墮落至極不如獸
生咬牙慟到底是死
我莫名含恨地長大
因此覺得：這一代川人與上代的
背景遭遇或許的確有所不同了
而我必須趕緊告別懵懂

## 軌跡

那年，母親捧了三升米到學堂給師娘

自行束脩以上
師者未嘗無誨焉
可是，那年因世亂
我早早就丟開書本了

相法所謂的山根薄弱，是指我
從承平的過去到亂離的將來嗎
還是說我詩文無路而不得不轉試刀槍
這條軌跡老早為我鋪好
只等我束裝上路了

## 同袍

整整十二年以後
束裝，上路

當田野曝曬在無遮的日頭下
蘆溝橋的石獅子藉流動的河水
傳遞沉沉的吼聲

我從邊防一路軍事學校結業
把手上積存的六十塊大洋交給母親
與最親近的姊姊說再見
與新婚的妻子告別
出川，雖不忍，但我必須跨越自己
生命史上的一大關卡

時代走到這一步
我不能不跟緊它
當運勢交匯成一股激流
我像棲泊在岸的小舟被

# 推下江

不能等纜索斷了才前去
讓我自己選擇自己的方向吧
在心中亮起火光月光與槍彈光的
夜晚，放棹——

時當丁丑九月
秋涼，雨後將過峽
我必須背離鄉井在
廣陽壩的帳篷
交出自己的名姓
領取一套粗布軍服
並以自己的經歷和身高
換得新編的一個隊號

日落後，吟蛩聲四起
像在為紛擾的時局吹角
中宵不寐，恍惚
天下的男兒俱在此
與我同袍
都要出川

## 洄漩

啊，你可能發現
江邊茶樓一隅，我走後
褐色的條桌上還留有一頂
藍灰的銅盆禮帽
帽口翻上，告訴你我是你最親密的兄弟

帽簷朝東
暗示我走遠的方向

也許你還想問我的心情，然而
已經半個世紀嘍
該怎麼說呢
人生如寄在江上
無非峰巒、雲霧、峽谷
中間有波濤洄漩
大的如家國世事
小的是個人閒愁

船，輕輕一擺首
全都過去了……

147．離亂備忘錄

# 新婚別

有鷹盤旋
風在山的稜線上鼓湧牠的雙翅
你走前幾日
神情閃爍，怔營
像極了一隻形銷而欲飛的鷹

崖邊靠落日那棵樹名叫秋
多少春天發芽的念頭
眼前都只能按下
鷹飛走，又出沒

於是起霧了——
一個婦道人家不解的夢境
嚴絲合縫地
蓋了山也蓋了樹

驚鵲聲裡，我
為你打背心毛襪
用雨灑庭階的細密針腳
追趕你的行期
月子還未坐滿就在
井邊石板上搓你換下的衣褲

井中映月像閨中獨守
月圓以後
我會守你出行的鷹嘴岩

月會一天天瘦下去……
為女兒取個名吧！中秋那晚我哭道
你看了看祠堂門檻耀眼的光說
不滿月的丫頭，叫她旬吧

日月是不變的耕者
加速犁耕著我的容顏
對於忠州對於我，你只是
偶然路經的樵夫嗎
我追到洋度溪時
你已走遠

探問一家家棧房茶館和菸鋪
穿越人口麕集的老街
你走了，如江水打個小漩而已

茫茫的天際啊茫茫的舟子
無一絲風帆鼓脹
無男人的家是不成的
在那樣的時代
你一去轉眼三年

青竹接上肅穆的柏樹梢
飄引三丈長的白行幡
驚見蟲蟻攀爬於上攢聚成行
等風止息心也靜下
恍然才知，是淋漓的墨字
是引靈的符籙
是：母親死了

母死。而你是她想瘋的

病中九信也找不回的么兒啊
瞪視著你未帶走的棉衣
母親在昏痛中咒我白虎
醒轉時卻又囑咐為她
做三天道場
吹瑣吶，送歸山

我含著淚想，那鷹呢
在重山之外棲停的
還是原來的嗎
時時有人刺問
在緩緩而起的流言風裡
在子夜我情慾的監牢裡

啊，那鷹呢

牽引家門紙灰香燭的風都轉了方向
所謂的一生顯然也已成為空想
那時我乃除孝
投譚家山
改嫁

但風箏依舊出現在夢裡
忠州苦旱
許多年後，我們的女兒旬餓死
我才終於了解
家變不是因為你變
是老天的臉變了

你一去十年，再加四十
我變賣銀簪變白髮

變賣掉春
轉眼變成秋
眼前相望的只剩
新婚暫短的紅妝
天涯，和餘年

155．離亂備忘錄

# 他和她的夢

## 荒村

一匹失去戰場的馬躍過河對岸
河水張開鬼緣的嘴
吞沒馬上摔下的兵

一列染患痢疾的火車停停走走
無辜的人像黑夜在曠野
追趕旋飛的黑披風

兀鷹蹲在後頭
瞪視著俯臥道中的病童
枯黃的大地以枯草刺傷了孩子的心

蜷縮荒村的算命人將一個亨字拆解成
二口了
強迫他在夢裡也斷炊

然而我的父親仍一路背叛追逐的槍聲
向南，我的母親一路捨命
收買破碎的流言

**在大風雪之夜**

作夢，因為她的兄弟失蹤

不知陷身陣前或在敵後
有麥田的煙，在高密
有鐵路線上的火光，在徐州
她的兄弟和一柄槍一塊兒失蹤了
在人海

父親死去那麼多年，都不曾教她夢見
今夜不知名的山頭的月光
竟像兄弟一樣教她想起

孤獨想著南方，憂傷想著北地
她夢見大風雪追趕不上的
父親領著兒子，埋頭疾走

聲音刺破白茫茫黑夜
她在熱淚中醒來
她的父親和兄弟
還滯留在夢裡

# 隱形疹子

癢而灼熱，一種疹子
慢性像想家的病
川芎、防風、赤芍都拿它無法
從前，黏附潛意識
而今，怯生生地從腳底往上爬

隱形的疙瘩
或說是寒熱交攻的現象
但不用去管它！反正就要回家
我深吸一口氣站上高高的鷹嘴岩

「快到頂了，」親人說
楊槐疏落地支住天空
「翻過山，就會看到老家。」

起風時刻
叭嗒叭嗒的雨點打上
泥濘的田埂無碑的土墳以及
槁禾雜亂吊掛在簷下的土屋
這一切都是我從沒見過的

「儘管老家已沒什麼人，」父親說
「但是有墓要掃。」
我遙望梯田一階低一階像人在跪拜
豌豆、包穀黃皮鵠瘦
高粱和大麥雜作

隱忍的蕁麻疹又火飄飄
攻上心來了

163．離亂備忘錄

# 破爛的家譜

鬍子拉撒那人頭上紮條諸葛巾
兩腳泥蹦蹦，是我堂哥
三十年沒走離自家坐臥的山窩子
這一回，他陪我過江到縣城
搕著旱菸管喃喃道：人氣滅了
江輪調頭時
忍不住一陣疾咳

人氣滅了
腰粗的黃桷樹砍了

黑沁沁的山林禿了
通向外面世界的石板路剷了
是的，四十年來電還是不通
村中年長的人愈來愈只有遺忘而
無記憶可收藏

四九年冬，他父親被拋下無名的山溝
五三年，大兄死在鴨綠江東
隔年依次生下的娃兒
三個全是文盲
荒年啃枇杷樹，嚼山上的都巴藤
肚子餓狠了就塞一坨一坨白土
如此倖存

在臨江的紅薯飯館內

我為他點一道黃鱔、一盤炒腰花
他拿出那本破爛的家譜
指給我看
「從來萬物本乎天……」

# 卷四　散繹13

戰爭，是對百姓無差別的殘害
但在世上，戰爭無日無之

# 1 無可如何之遇

「洪荒留此山川，作遺民世界」，四百年前的遺民，開山草萊；四百年後的我，是什麼時刻開始反思沈葆楨這句心頭的話？

洪荒在我內心，是父母上世紀身經的離亂。

我小小的世界，從居住花蓮的重慶街，到彰化的泉州村、溪底村，漸長，逐步北漂，終於落腳台北。當耄耋之齡的父親進入無語階段，母親行走日漸遲緩，這時我才思考：他們的人生如何被青春遺忘，被戰爭遺留，腦中不時縈迴一八七四年巡台使者、欽差大臣沈葆楨親書延平郡王祠的對聯：開萬古得未曾有……，極一生無可如何……。試想，任一塊土地上的百姓，面對戰爭，個人豈能如何？誰真有能耐改變時局？

始自一九五〇年代，父親在台灣「打工」了五十年之久，開過雜貨店，種過田，也幫人顧過店。母親小他十九歲，經歷過地震、洪災。跨越二十世紀，兩人的骨血皆入了土，異鄉變故鄉，苟活者成了死者。

# 2 如果沒有戰爭

如果沒有戰爭，身為蜀人的父親會是怎樣的一個人？他會早早地啣一支長菸管，倚坐堂屋，看斜陽如曠野燃著的一把香嗎？他會像他的祖父，在雲山採草藥，在鄉里留下醫名？或是加入了袍哥會，當上坐堂大爺，調停人間恩仇，救濟亡命者？

在書上，我曾讀到，四川的蒙頂山產蒙頂茶。茶講究品種，離不開水土；當然也有異地新栽，孕育出特殊品項、特殊風味的故事。

四川人喜歡泡在茶館聊天，所謂的「侃大山」，興致勃勃沒完沒了地東扯西拉。不少人從天一亮甚至天還麻瀆瀆不亮，就走進茶館了。做茶客，聽人說，與人說，也可以閉著眼什麼都不說。堂倌會不斷地在你的茶碗中沖熱水，爐子上的大銅壺被爐火燒得噗哧噗哧地響，天寒時節自有一股溫暖氣息。

我有時會想，這些茶客都做什麼營生？如果不需要掙錢，日子當然可以泡進茶館地老天荒。但勞動者，只能帶一個茶水罐，上工或下田。

父親在台灣開始農耕，已經過了五十歲。他的前半生都在軍旅，從抗日戰爭起始，到國共鬥爭告一段落。十幾年的戍役，非戰不可的陰影，與家人生離與袍澤死別，感時傷事不知積累了多少「莫知我哀」的愁腸。休憩時，他會在面前沖一杯香片，以茉莉花香提升一點粗茶的氣韻。那時我並不懂茶，只知泡出來都是差不多的茶湯。

父親用的多半是廉價茶，如果拿茶的做工比擬人的經歷，綠葉在枝上，乾茶在罐裡，青年四處闖盪，先失去一部分水分，再經戰火高溫翻炒，人間的摩擦、憧憬的破滅，翻天覆地的遭遇猶似茶菁的攪拌發酵。好茶要「殺菁」，父親這一款茶，是軍服、草鞋、砲火烤焦的碎茶，少了生香，失了活性。

# 3 天涯相望

如果留在茶山，出生後十年他就是少年，而後一轉眼就到了娶妻生子的年紀，他很可能將一生陪伴茶樹，變成一個默默種茶的人？或者在山裡承接了木廠，成了木匠？他會有時間意識嗎？日子一天天過去，記憶是以飢餓的感覺，還是以與妻子同房的次數？

山中歲月，養下一堆孩子，也會有陶淵明對兒子不好文墨的感慨嗎？鄉野小孩「不識六與七」，「但覓梨與栗」，很正常啊！等有一天，發覺自己的視力退化，筋骨僵硬，黃昏樹上的黑鳥叫聲愈來愈大……，然而這些，他還來不及體驗，就被一陣轟隆隆的砲聲，從寂靜的夢中打醒，他必須交出單薄的草民的身軀。

我相信，他猝不及防在夜半被拉伕，一定留給家人死不瞑目的困惑。一九八

○年代末，政府開放「老兵」回大陸探親，我曾借意杜甫〈新婚別〉，擬代一個婦人寫信給戰亂失去音訊的丈夫。

那一代人從軍，未必是被拉伕，但都是身不由己。杜甫說：「君今生死地，沉痛迫中腸。誓欲隨君去，形勢反蒼黃。」二十世紀的離亂夫妻一別四十年，其死生愴痛，痛過唐朝。杜詩說「人事多錯迕，與君永相望」；我清楚認知到「多少春天發芽的念頭，眼前都只能按下。相望的只剩天涯，和餘年」。

# 4 蒼天不會說話

戰爭，是對百姓無差別的殘害。但在世上，戰爭無日無之。回望百年中國的歷史，電影導演齊怡拍的《離亂之歌》說：「個人的成長和家國的喪亂往往如影隨形」，那些流離者「在烽火中，在烈日下，在碼頭邊，在叢林裡，在背貼著背的甲板上，在惡臭的營房裡，在粗礪的伙食中，在簡陋的眷村裡，在昏暗的燈光下，在父母的墳前，在蒼茫的回憶裡，他們竟有著共同的遭遇與苦難。」

他們，不是某一個人，是河南人、山東人、南京人、武漢人、雲南人、廣東人、台灣人。抗日戰爭，軍民傷亡估計一千兩百萬；國共內戰，雙方死傷人數超過一千六百萬。

古希臘伯羅奔尼撒半島上的和平運動競技，並不能戢止雅典與波斯的平原大戰；伯羅奔尼撒戰爭只印證了今日人們口中的「修昔底德陷阱」。晚近國際間的屠殺，有幕前或幕後的根由，強勢輪迴，其慘烈更甚於遠古。

戰爭打開死神的棺槨，親人遇難，旁觀的人即使感受痛苦，蒼天也不會說話。沒有死在戰場的人，還可能死在激流斷崖；僥倖逃離戰場，還可能死於饑荒疫病。母親跟我講過一個大風雪之夜的夢境：她的親人失散了。

不知陷身陣前或在敵後
有麥田的煙，在高密
有鐵路線上的火光，在徐州
她夢見大風雪追趕不上的
父親領著兒子，埋頭疾走
她在熱淚中醒來，
她的父親和兄弟
還滯留在夢裡

# 5 噩夢

我寫母親的詩少，寫父親的較多。其實成長過程中與母親相處的時間多過於父親。母親出身於一個禮教保守的家庭，嫁給父親時未滿十八歲，對於她要跟從的男人一無認識，只因共產黨打進山東膠縣，又被國軍逐出，復又攻入，又再退出。外公、外婆受夠了中日戰爭日本兵到處搶「花姑娘」的驚恐，乃斷然答應了一個南方軍人的求親。戰時，可以娶妻，可見打了十餘年戰爭，似乎戰時也當平時看待了。

晚年，母親才進國民學校的夜間補校學識字，學唱歌，生涯的苦厄得到了一點紓解。但她的青春年少早已不可挽回。她講過一些巧奇冤的民間故事，那些講義報恩的情節形塑了她的人生觀。她看過難忘的電影《月宮寶盒》，我上網查看劇情，想像母親有愛情的失落，但不知她作過什麼甜美奇幻的夢嗎？

她那逃亡的夢境，疊映了多少她自己在流離路上的淒涼？——從青島到南京，到上饒，到廣州，到基隆，乘坐逃難的火車，當她染患腹瀉帶血的痢疾，當火車廂擠滿了人，連火車頂上也坐了人，沒有人敢移位，無處洗手，空氣混濁，病從口入。我沒問過母親如何處理拉肚子的穢物，只記得她說，那時昏死過去，襁褓中六個月大的嬰兒，我的大哥，被人抱走，腕上的金鍊被人摘去。有一天，她緩緩甦醒過來，火車停在荒寂的鄉野，遠處有槍聲，月光照著幾戶農家，她「爬」進蒜田，摘吃了幾瓣大蒜。母親輕描淡寫地說：「後來我慢慢地又有了元氣。」昏夢中她看見失蹤的哥哥，不久，兄妹竟重逢，一起來了台灣。

# 6 山河檔案

「台灣的社會與文化，從語言文字到親族組織原則到基本價值信念，和中國歷史有著太深、太緊密的連結；就連現實的政治與國際關係，去除了中國歷史變化因素，就無法理解了。」研究歷史、講述歷史的楊照因此強調：「中國歷史仍然是台灣歷史非常重要的一部分。」

我翻檢過一九三七年日軍攻陷南京的檔案，想像此後十餘年的動盪，一九四九年夏天之後，國共戰局勝負翻盤，國祚遷移，從北到南、從東到西，國民政府的軍隊、眷屬一百餘萬人陸續撤退來台，成了海島遺民。

風雨鞭打著野田梨樹
這是黑髮驚惶的季節

童齡扶著杖人
人面叫賣桃花
拎起一包細軟
遠行流瀉出一支苦難的歌謠

# 7 霧動的屋瓦

父親打了兩場上海保衛戰，先是對日軍，倖存下來；後來對共軍，他被俘了。管訓兩週，我記得父親說，領了路條，共軍命被俘者各自返鄉。

當年父親如果回返四川，以國民黨黨員身分加上地主階層，一定遭鬥爭、折磨，那就應了青少年時算命先生講的，山根薄弱，在家活不過四十。反倒是外出，才能謀得生計。逃亡路上，父親測了一個「亨」字，他先是逃到海南島，之後隨國軍殘部整編的軍隊，搭軍艦來到台灣。父母在台相遇，已是母親來台半年之後。如何相逢，這又是後話了。

國軍在大陸，原本有軍力優勢，卻因長年兵燹，軍士疲累厭戰，更因部分高階將領叛降，思想陣線潰決，以至於一敗塗地。來台後政府隨即施行戒嚴法，我未及出生，父親已被迫解甲。他早年投軍，既是身不由己，嗣後解除兵籍也受命運捉弄。

居住在花蓮有五年之久，父親惶惶然、茫茫然在街上像遊魂，坐上牌桌不知什麼原因總是一再被追殺。三節前夕，母親會去禮拜堂找法國神父討一缽米、一點奶粉；哥哥，據說常去垃圾堆翻找東西，姊姊去城煌廟撿未爆的炮竹……。

家門前有條河，漂流山上砍伐的木材；河邊母親圈出一小塊地，種空心菜、地瓜。我在母親懷裡吸奶，時時嗆奶，兒時頭上老長癬子。後來母親告訴我，空心菜梗炒辣椒、空心菜葉煮湯，是她坐月子的飲食。

直到她最後一點首飾變賣，準備開個小餐館的本錢被拐跑，花蓮待不下去，舉家遷往彰化大肚溪出海口。

三十餘年後，詩人陳黎、邱上林陪我尋訪重慶街六號，老厝已經改裝成幾間鐵皮木屋，當我們在籬外向內張望，院內傳出聲音：你們在看什麼？陳黎用台語回答：「歹勢，朋友以前住這裡。」院中人說：「袂可能，阮在這裡住了三十幾年。」我一聽即脫口道：「我家就是三十幾年前搬走的。」「你爸爸叫陳聯科是不是？」將近四十年了，當年的新住戶，始終未搬離，門前的大橄欖樹已鋸掉，留下一個樹樁頭。別後三十餘年，免不了噓寒問暖一番，並相約再見。可惜一個月後，這棟老厝竟遭火焚。邱上林拍了一張廢墟照寄給我，好長一段時間我的腦海裡時不時出現一棟浸在煙霧中的木屋，像曝光的照片，只露出一列屋瓦。

火車汽笛聲自遠而近，自天外而來；河，似乎也從天外來。

# 8 無告

我以散文書寫過戰時父親收不到家書的慘痛。

「一九三八年，最艱苦的作戰期，日軍攻下九江、馬當，國軍在江西與湖北交界築防禦工事，日軍隨即又從武漢背後來襲。你祖母病危，家中連催九封信。我全未收到，隻字不悉，直到戰事告一段落，無意中聽一文書提及……」

父親用四川話，講武漢失守之際鄂北那場戰役。國軍在武漢整訓，他代理排長由徐家棚東行，渡江，防守田家鎮，隸屬五十四軍八十三團第三營第九連。「在敵機艦砲轟擊及毒氣危害下，苦戰兼旬，傷亡極大。九月底，九連奉命掩護五十四軍全軍撤退，在江邊的山頭布下三個排陣地，各領一挺機關槍……」

「家裡寄的九封信，您都沒收到？」我問父親：「還記得信的內容嗎？」

「軍中怕影響士氣，全扣了。信是你姑媽寫的。第一信說：媽媽病重，請趕緊回來服侍湯藥……。第二信說：媽媽成天念你之名，茶不思飯不想，喃喃道：『家亨，喔，家亨回來了！』有時精神錯亂，四壁亂摸，放聲大哭。第三信說：媽媽走了，喪事由前媽生的大哥、二哥變賣家產安葬……。第四信說，你的孩子死了，你的妻子譚氏改嫁，你在國而忘家亡家……」

淚水在父親眼眶打轉，他的聲音開始嘶啞。出川前父親原已結婚，育有一女。不過年餘，女兒竟然餓死，妻子被逼改嫁。「天地軍麾滿，山河戰角悲」，古往今來亂世人的遭遇何嘗有異？不敢奢望失散的人能團圓，連一封家信都盼不來。

人在苦痛時，應該會發出本能的吶喊吧；如果連頓足捶胸也不可得，那就只能自我吞聲，將無告的陰影封藏在內心深處。父親因被俘而被迫退伍，肩領上標示少校的那顆梅花，成了一個虛幻影像。

母親逃難時，儘管天熱仍穿著棉襖，因棉襖中藏有她結婚的首飾。結果千辛萬苦、躲躲藏藏帶來台灣的首飾，被父親的朋友誆稱合夥做生意，而捲逃一空。

## 居住在花蓮

我的父親和逃離戰場的梅花
我的母親和神祕的月宮寶盒
梅花萎落在一則被俘的
流言，父親脫下了軍服
月宮寶盒打開時
母親的電影也散場了
清冷的重慶街上父親無賴地走著
虛曠的中華戲院母親虛靡地坐著
老鼠躲在地瓜田
風起伏在綠海一樣的甘蔗園

187．散繹13

# 9 在岩石縫隙求生

為了討生活，父親去到彰化海邊墾荒，雖然他未學過農事。母親去幫傭，儘管她曾是書香人家的女兒。

三歲就遷離，花蓮留給我的記憶，大多是聽聞得來：父親的同袍，我應該稱叔叔伯伯的退伍軍人，投入了中橫公路的開築。早年沒有先進的工程器具，山險水阻，沿線又有很多地質不佳的路段，想貫穿中央山脈，工程人員死傷近千，大多沒有親屬在台。我曾以「岩生植物」詠嘆中橫築路工。

岩生植物生長在岩石縫隙，所需養分極少，甚至靠著自身枯萎的組織就能存活。中橫，打通一條艱難的道路，何嘗不是一代人的印記。

草在山壁顫抖著

築路人一樣的草啊
因無處立足而寄身於
岩縫，或流放
在強勁的風裡

# 10 扛著沾血的牛軛

垂老改行務農的父親，先後種過蘆筍，種過洋菇。蘆筍、洋菇在一九五〇、一九六〇年代，是很稀罕「先進」的作物，當然也種玉米、花生、西瓜、芝麻。貧瘠的沙土地難有收成，日子很拮据，做小孩的經常要替大人走去雜貨店賒米、賒油。雜貨店的小黑板上寫了父親的名字，後頭跟著一串賒欠的帳目。每回去，老闆總會關切地問，「爸爸什麼時候來銷帳？」於是下一回要派誰去，孩子們不免你推我、我推他。

臨近海邊防風林，住家大多孤立在林中或沙坡，彼此相隔數十公尺。冬天海風穿透石灰塗牆的竹編房，發出咻咻的聲響；黃泥路上一陣陣颳起的沙塵，像一團人在急行軍。孩童在河邊的矮合歡木抓金龜子、天牛，在木麻黃的高枝捕蟬，也在竹林隱密的鳥巢掏鳥蛋。

一天午後，我看到一個單身的退伍老兵，紅著發炎的雙眼，捲起衣袖給父親看，手腕有繩綑的血痕。大人斷斷續續的對話組成一個搶劫情節：正值花生收成，夜半他聽到叩門聲，打開門，一束強光照眼，一把石灰罩臉，雙手被捆，屋子裡堆放的一麻袋一麻袋花生，全被強徒搬空。午後他才掙脫繩索。

多年後，我回想那場景，很奇怪腦子裡會出現《詩經．氓》的「氓」字，現實完全不同於古詩情變的情節，只是與流氓的氓字有了聯想。生命的悲哀在黎民百姓身上，生活的重擔是一具沾血的牛軛。古人所謂的「氓」不是流氓，是人民。三十幾年前我即曾以「氓」構思，寫下一首大肚溪流域的詩。其中一節：

海風從塗葛窟吹來
烏秋搖晃在木麻黃顛
村尾來的那群人站在灰濛濛的天空下
遠看像椿頭，一截截
落盡風霜之葉的樹
林中有枯褐針狀的小枝堆積

雨水打濕了黑色的屋瓦
膨鬆的沙
走過泥牆和竹編的門
有人，扛著沾血的牛軛
一步步走過

# 11 從來萬物本乎天

一九八八年五月，我帶父親返鄉。他等這一天，等了四十年。行前準備了三大件、五小件的禮物，父親還為無緣的前妻買了衣服及一條金項鍊，母親裝作不知道。「大陸上的前妻，」父親對我說：「你叫她三娘吧。」因為戰爭，他不辭而別，頗覺虧欠於她。

從當年的桃園中正機場搭機至香港，轉飛上海，換機飛重慶。臨行前一晚，在報社，痖弦看著我，神情凝肅像送一位壯士赴秦，他沒說出口的話，我都懂。當飛機降落在上海虹橋機場，一出關，我看到領肩佩有紅星的公安，確實感到怵目而覺不安。那時，中國大陸仍然普遍地窮困落後，國內線飛機不僅可以抽菸，還有旅客擔著鴨鵝的箱籠登機。

第二天，在重慶朝天門碼頭搭船至忠縣，夜宿縣府招待所，晚餐後不方便洗澡，我幫八十歲的父親只洗了洗腳。八點不到，電不預警地停了，人也只好睡下。

兩岸開放初期，「台胞」確實受到親切接待。父親的老家，地名陳家山，先須渡江到北岸，再越過一片丘陵。那天下起暴雨，田野泥濘濕滑，縣裡的幹部特別請人紮了一架簡易滑竿，讓父親乘坐。光禿的山野偶爾點綴幾間土磚瓦房，枯乾的麥稭一束束倚牆堆放在門庭。挑夫穿行在田中小路，一大群穿著藍灰色衣服的兒童聞聲跟在後頭，我很後悔沒帶一些糖果糕餅或鉛筆之類的小東西分送他們。老人流淚了，他說，從前到處是黑沁沁的山林，通往外面的是官馬大道啊。他的前妻早已不在，瞎眼的姊姊也逝去多年。村人指著一個無碑的土堆，說是我祖母的墳，父親放聲痛哭。

陳家山沒有夜宿處，傍晚，額上綁著諸葛巾的堂哥陪同我們過江，回縣城。在燈光昏暗的紅薯飯館，他搕著旱菸管喃喃道：人氣滅了。

四九年冬，他父親被拋下無名的山溝
五三年，大兄死在鴨綠江東

隔年依次生下的娃兒
三個全是文盲
荒年啃枇杷樹，嚼山上的都巴藤
肚子餓狠了就塞一坨一坨白土
如此倖存
在臨江的紅薯飯館內
我為他點一道黃鱔、一盤炒腰花
他拿出那本破爛的家譜
指給我看
「從來萬物本乎天……」

# 12 不歸人

遲延四十年的歸鄉，夢碎成泡影，等於不歸。父親從此不談往事，比從前更沉默，長日在不開燈的屋裡，坐在黯黑角隅的躺椅上沉思，沒人知道他想的是些什麼。有一天我帶他到住家附近的小學散步，他卯起勁繞著操場走，像一支在唱盤上打轉的唱針，我想陪他走回人馬喧騰的時代，但這年他已八十八歲，彈片虧欠過他，幾度負傷垂危；農田虧欠過他，臨收成時遭八七水災沖毀；金錢虧欠過他，被合夥的鄉親拐騙一空；時代終於不屬於他。太多時候，時光留他在黑暗的中心杵立，也許還留有針扎大的一個小孔呼吸，微微透光。

父親百年，我寫了一首〈索菊花〉，記實日暮病房場景：

我說爸說句話吧

他吞了吞口水道：囉哩囉唆
我再叫爸
他撐開眼皮道：不舒服嘛
第二天我又喚他：說句話
他跟著說：索菊花
音調變輕了就變成一闋哀樂
眼皮並不撐開
直到今天

# 13 未完

時間此刻之外，還有時間的無窮過往、無限未來。個人來不及經歷的過往，及無從探知的未來，只能任由日月目睹，風雷傳說……，只能暗自在想像中揣摩，藉一些閱讀到的詩文揣摩看不見的臉譜，「歲去憂來兮東流水，地久天長兮人共死」。

從小到大，總覺家中有一股發不出聲音的積鬱，在父母眉宇間糾結舒展。鄰居口中的「阿山仔——」，是一群退了伍的老兵，洪荒落戶，偏鄉闢地，養豬，生孩子，在無知的海濱逐漸消隱，碎裂成風中的一首歌：

漂流的江南人帶走漂泊的江北人
漂泊的江北人變身漂流的江南人

不安的海島人迎接不歸的海峽人
不歸的海峽人變身不安的海島人
無名的天下人呼喊未名的天涯人
未名的天涯人變身無名的天下人
相思的中國人等待相忘的台灣人
相思的中國人變身相忘的台灣人

# 後記
## ——紀念　父母那一代身經戰亂苦痛的人

### 黑夜的歌聲

走在薄明的黑夜
我注視內心的螻蟻
與砂礫

記憶如燐火
從古老的遙遠的地方飄來，也從
二十世紀中國的土地

我注視歐洲人們眼前的戰火
加薩日復一日的屠戮
還有非洲的饑饉死亡

在生者陌生或親切的島上
我寫詩，不只是獻給至親者
是獻給動亂時代一切的人

帶著死的思想
詩是醒著的墓碑
被高舉著行走的棺木

也是招展破碎布條的
旗桿，插在荒野霧露中
在無垠的時間裡

我但願流水有歌聲回應
讓黑夜的歌聲一句句傳遞
一句句天光

二〇二四年五月一日

# 一代人的事

我原未想會走多遠多久，在詩這條路上。一晃眼，已過了半世紀。年少不知詩該怎麼寫，卻大膽地試探著，摸索著，伴隨身世經歷，自然興發。因為沒放棄手中的筆，也就慢慢看到了文學風景。沒有刻意不刻意的躊躇，沒有風潮不風潮的憂慮，深知風雨江山外常有萬不得已者在，詩就成了。

〈遺民手記〉這首長詩，催生了這本詩集。

去年十月底，我將〈遺民手記〉未定稿傳給兩位詩人朋友：陳育虹、初安民。陳育虹在電話中談到惠特曼的《草葉集》。她說，一部《草葉集》，不需要其他佐證，成就了獨一無二的惠特曼。是的，《草葉集》增修超過十個版本，一八五五年出第一版僅收十二首詩，第二年增訂成三十二首，此後不斷擴充，包括重新分輯排序、增加附錄，盡其一生惠特曼不斷修訂，朝向一部作品的最終完成。育虹建議我將同主題的書寫，合成一集。

稿傳安民，同時探問能否刊登。安民第一時間的回覆超我預期，他用了「驚心」、「非常重量」等字眼稱許，要我傳一份定稿，隨即決定以「封面專輯」的形式在《印刻文學生活誌》發表。安民邀請向陽與我對談，敦請唐捐、洪淑苓、簡媜、唐諾撰寫評論，又得年輕輩的崔舜華寫了一篇訪稿，一併刊見二〇二四年三月號《印刻》。專輯介紹文：「出川，離亂，恨別，人生的無盡之歌不曾停歇。詩人陳義芝為父親以及與父同代的民國人，寫下了悲切深沉的長詩〈遺民手記〉。時間使生命磨滅，時間也餽贈永恆，使記憶綿長，六百行的長篇史詩抒噫，是半世紀的追尋，是刻骨銘心的同理，使傷痛的殘骸長回血肉，銘記的，不只是一個人的流離與憾惘，而是被迫總與所謂主流逆反，無可奈何的遺民心境。」我猜也出自安民手筆。

向陽、唐捐、洪淑苓、簡媜是難得的知音，都提及與此作「互文」的詩篇。唐諾期望就這一主題，不僅「說出上一代人的故事」，還有這首長詩的「前者」或「後者」。他也提到惠特曼的《草葉集》。我於是重看《草葉集》，重溫它內容的博厚、精神的包容；也想起陳育虹翻譯的瑪格麗特．艾特伍的詩集《吞火》，中有一卷《蘇珊娜．慕迪手札》，描寫「移民」生活的艱辛。艾特伍這卷詩的時間跨度，始自十九世紀中，以至二十世紀後半葉。

春天過後，我構思這本詩集，選汰有關時代動盪、移徙困頓的詩，體會世間已逝的或仍揪心的沉哀：死生莫非往復變化，命運是存在的依據還是運行的準則？民國百年風雨，地方武力割據，金融秩序崩毀；中日戰爭繼之以國共爭鬥……，死傷都超過一千萬。從二十世紀初以至於後半葉，我想呈現一個庶民家族在巨大的時代變局中的經歷。

「敘事學」說，時間有過去時間，現在時間，將來時間。在詩中敘事，要將過去時間利用記憶，轉化成現在進行式；至於空間，「善用地名，可收思遠之逸致」，這是錢鍾書《談藝錄》說的。

我將新作編在卷一、卷四，前後補寫〈氓〉及〈黑夜的歌聲〉二首，另改編卷二、卷三的詩，使成一新的「詩系」。為保持主題統整，《無盡之歌》出版後我所作的詩稿均不收。我希望讀者讀其中的長詩或詩系中的短詩，能讀出生命的悲喜，認知時代變遷、詩的敘述性。或者先讀「卷四‧散繹13」，更容易進入其他三卷的語境。

上個世紀末，我撰寫〈後現代詩學的探索〉，在結論提及：「詩人不再追求深沉的、本質的、心理的深度，不免遭到『遊戲庸俗』、『什麼都是藝術』之譏。按文學風格趨勢循環發展的定律，花哨至極必回歸素樸，展望未來，也許迎來的會是融合浪漫抒情與現代寫實詩風於一爐的新體，或者竟是一個重尋歷史縱深與中心意義的長詩的世紀。」

長詩的世紀未到來，但抒情與敘事相融、自我與世界聯結，確是我持續探勘的方向。美國當代詩人史坦利・庫尼茲（Stanley Kunitz）說：「到了五十歲，你大約已到訪過所有明顯的地方。那些等著你去寫的詩，必然得來自你的荒原。」我在一則「詩話」中也追問過自己：「去想想你的心靈，有沒有尚未開發的荒原？如果沒有，你就不必寫了。」

詩的荒原，指向生命價值、精神格調，主題及形式結構。詩人必須出入於兩扇門：出入幽、明兩界，你所看到的，以及暗中所感知的。里爾克也講過，詩人要像奧菲斯，彈著琴去冥界把妻子帶回來，雖然沒有帶回來，但終究要有這樣一趟歷程。

自我，作為時間長流中的一個點，上一代發生的事，戰爭、流離，非我這一代的遭遇，因而從外在看，事件似乎停頓在過去，但上一代的事對下一代有現存的意義，內在的衝擊必須承接。我為心中的生命殘骸塑造血肉，把一些人遺漏的、遺忘的東西組裝起來，讓逝者的幽靈重新活成發光發熱的形象。我的書寫是讓自我這一個點，承接前人的上一個點，讓生命那條線將時間片面掩蓋的事實揭露。本集有主旋律，與不同時間順序的合音、和聲。

學者王德威曾詮釋「遺民」一詞，他說「遺」字可有數解：遺是遺「失」——失去或棄絕；遺也是「殘」遺——缺憾和匱乏；遺同時又是遺「傳」——傳衍留駐。序詩，著重氓的本義。《毛詩傳箋》說：氓，民也。許慎《說文解字注》：自他歸往之民，謂之氓。明代楊慎《升庵經說》：氓，流亡之民，特指新徙來者。

漫長學詩的路上，多獲余、楊、洛、瘂等前輩詩人鼓勵。而今，更有同輩知交，楊照、初安民、陳怡蓁看重我的詩，何寄澎、陳育虹費心為這詩集撰序，都為我深深感念。

二〇二四年七月十一日寫於紅樹林

211．後記

附錄

# 〈遺民手記〉評論摘段

（選自《印刻文學生活誌》，二〇二四年三月號）

## 唐捐：構成一套板蕩敘述

假如我們長久追蹤陳義芝的詩藝，便知道這一組詩與他多年前的〈出川前紀〉（一九八六）、〈川行即事〉（一九八八）、〈新婚別〉（一九八九）有著互文關係，其得失與增減亦可由此說起。總的來說，這些作品合力構成一套板蕩敘述，發生於故土與新鄉之間，涉及上一代人的悲歡離合。設詩人所認知的這套史傳為「底本」，上述三首詩與現在這篇新製（按：〈遺民手記〉）為「述本」，則不只述本在相互支援與傾軋，底本也在生長變化。

此詩最值得關心不是敘述，而是建立在敘述結構上的抒情方法。

徐復觀論詩，常用「追體驗」一術語。此事此情未必為我有，但也不全然歸屬於他人。詩人有追的能力，他就擁有一副能穿梭時空、襲取他人經驗的身體，在「歷史的大地上」呼喊與奔走，有時走進蓮塘雲影，有時是「電光，蟻群，燐火」。這樣的抒情還真像葡萄樹一樣，繞著敘事框架來完遂一種繁盛。三吏三別，典範在昔。身體與火的對弈，其結果也許是疼痛與磨滅；筆與火的對弈，其結果卻是詩了。

——唐捐〈筆與火的對弈〉摘段

## 洪淑苓：代表一群人的命運寫真

陳義芝新作〈遺民手記〉是一部長詩，全篇共十一章，始於「一個人的逃亡」，終於「石碑與遺民證」。詩中的主角是一位叫家亨的四川老兵，他自青年時被抓伕從軍，直到一九四九年隨國軍來台，從此在台灣度過餘生，於二〇二年過世。對照陳義芝二〇一二年發表的散文〈戰地斷鴻〉，可知這是陳義芝再次書寫父親，而且是以長詩的形式撰寫。但本篇的突破處更在於這不僅是為自己的父親而寫，有諸多的「老兵」也有相似的經歷，但他們無法自己書寫，也無人為之作傳，〈遺民手記〉無疑代表一群人的命運寫真。從本詩後記亦可知，這是為一九四九年前後，避難、跨海來台的民國人而寫。「民國人」標示著時代的變動，而他們被時代遺忘，也被天地遺忘，因而稱之為「遺民」。

一九八八年五月，陳義芝曾隨其父返回四川老家探親，寫下不少動人詩篇，其中也有仿效杜甫而寫出二十世紀的〈新婚別〉等，皆是可歌可泣的時代悲曲。而這部〈遺民手記〉，以第二人稱「你」為敘述視角，作者彷彿在詩外呼喚父親，是敘事，也招魂，希望在敘述父親一生行狀後，父魂可以安息。就讀者而言，則如同聆聽畫外音勾勒一個老兵的一生，也隨著作者栩栩如生的文字描寫，看見時代的光影流轉，間雜砲聲、哭聲與嘆息聲。〈遺民手記〉的十一個篇章各有敘述重點，貫串起來就是一部精采的時代史詩，可見一部長詩的分量不亞於一本長篇小說，也幾乎等同一部記錄片，可謂深具時代意義的金石之作。

——洪淑苓〈史詩與抒情〉摘段

## 簡媜：可以當作詩劇閱讀

從〈新婚別〉開始，我發覺他的詩異於他人，有劇情，可以當作「詩劇」閱讀；似有一座隱形鋼骨架構，撐起看似各自成篇的詩作，相互應答、潤補而完成。那必然來自胸中自有巍峨廟堂，來自能貫穿時空的高海拔視野。

到了〈遺民手記〉臻於盛境，更是一齣大手筆、編制恢宏的詩劇，計十一節分幕，自「一個人的逃亡」至「石碑與遺民證」，以鳥瞰式第二人稱「你」展開敘述，個人軍旅與戰爭史兼蓄並進。且刻意安排的句式，採四行、五行、六行、七行集體行動，彷彿徵召字之兵丁營造行伍印象，模擬軍隊移防之速、全軍覆沒之慘。尤其第九節「那座山頭，草叢白骨」，記一九四四年滇西戰場中最為慘烈的高黎貢山血戰，士兵衝鋒、砲彈發射、殘軀掛樹、一連弟兄皆亡、草叢白骨十字架，如親歷戰場。因設身處地，他本不在場的帳篷下領取軍服兵籍號碼，現在他插隊進來成為「與我同袍／都要出川」一員，他不曾去過的滇西緬北，現在也在砲擊中跌落山崖成為傷亡數字之一了。

在詩的征途上，他走的不是唱和當道、隨波逐流、媚悅讀者之路。我們可能不會在滾燙青春親近他的文字、叛逆歲月欣賞他的詩藝，也可能不會在吸食理論精髓饜足之際讀懂他，但，如果人終究會老成，會走進無邊際歷史蒼茫中審視那不可解的遺憾，提問以往不曾提問的課題：為什麼一國之外匯存底僅以美元計價，不以侵略戰爭之落地頭顱換算？為什麼那麼澎湃的鮮血換不到一句道歉？為什麼正義是那麼難挖的礦？為什麼扎了根繳了稅埋了骨還是異鄉人？為什麼一代人當斷線風箏還是織不出和平？為什麼海島型氣候那麼適合遺忘？如果願意提問，就能讀進去義芝的詩境，與他一起打一場記憶之戰。

——簡媜〈給下一場戰爭的備忘錄〉摘段

## 向陽：「遺民」有多重意思

我們看一首敘事長詩，基本上它要有三個不可分割的特質，一個是它怎麼處理時間的課題，一個是它怎麼處理空間，特別是像這首〈遺民手記〉，它的空間不斷漂泊或移動；另外一個是人間，人的個性，人的生命，人的感悟。這首詩三種都有，從過去、現在到未來，這裡面不同重要的年代，或者紀年的出現，一九八八、一九四九，它都顯示著一個背後時代的大脈絡，這是一個時間；從小，年輕到蒼老，到最後入土，這也是一個時間。通過這個時間，歷史感才被突顯出來，這首詩在歷史感這方面可以說是相當的深沉。

空間呢，就是此地、他方、故鄉。有時我們談到空間時有一種地方感，我對這個地方有感覺是因為我來過。我還沒來之前，我對這個地方是沒有感覺，不會有感情的。當有一天，你原來的故鄉變成他方了，本來是我的故鄉就變成他方了，我甚至回不去，要等到一九八七年解嚴之後，一九八八年才回得去。我的地方變成他方，他方變成我的地方。不管政治上的問題如何，這種錯置的感覺是所有的人都要面對的。

在不同年代，在台灣的日本年代，清朝的舉人啊、秀才啊，他們受的是中國教育，可是卻受日本殖民，一樣會有這種滄桑感。這也被稱為遺民。遺民有多重的意思，我是上一朝代的人，現在變成新的朝代，我不喜歡這個朝代的人，這是遺民。另外一種就是，這個地方被殖民了，然後殖民國離開了，留下來的那些人也是遺民。其實遺民還有一個解釋：他是移過來的人，對原來那個地方，他已經被遺棄了。通過這樣，我們看到的是離亂，離別、動亂、傷痛、生死，各種各類的悲哀，我想這首詩的重要性，應該在這裡。

——〈詩是抒情跟敘事最美好的結合〉摘段（向陽口述，蔡俊傑整理）

## 唐諾：敘事保留了詩和世界的聯繫

我們說，詩可以興，可以觀，可以群，然後可以怨（饒富深意的把怨置於最後，好像怨得是經歷完一切才來的，一個悲傷的、失望的結果）。仔細看，這些都不發生在原來那個窄小的「自我」之中，這明顯浮現著偌大一個世界，從尋常但不斷及遠的鳥獸蟲魚到某一個非實存的美好世界；我們也應該記得，詩最早是敘事的，詩的視野和關懷原寬廣如斯，即便日後散文化的書寫接手了敘事，但敘事並不單純只是一種書寫技法，敘事之於文學是某種更本質性的東西（「敘述仍應該是文學書寫的主體」），不該從詩中完全移除，也許文體的形式限制要求他以更核心的、或更深沉的方式存在，這麼說吧，敘事保留了詩和世界、和他者的聯繫，這讓情感有枝可依，讓情感真實、有來歷、有內容、可解，也在情感泛濫如淹沒一切時存留必要的最終理性、人必要的心思清明及其條理。不然，情感會劣化、空洞化為只剩情緒，不再是人語，毋寧更接近只是純生物性的「聲音」。

我還是那個期待，寫出來我們所活過這一地這一時的生命處境——故事還沒完，應該再繼續寫到陳義芝自身這一代人。

陳義芝意不平的、「代言」的說出上一代人的故事，但他不真是外人，這是他的親人甚或就是他父親，詩裡，有更長一段時日他全在場，是個隱身的「我」。不太恰當比擬，用但丁《神曲》，或許〈地獄篇〉他尚未出生，但走到〈煉獄篇〉他就來了，同行並共同承受，而此一詩卷結束後他仍得單獨前行，前方是〈天堂篇〉嗎？

——唐諾〈必須伴隨遺言〉摘段

INK PUBLISHING

文學叢書 739

# 遺民手記

作　　者　陳義芝
總 編 輯　初安民
責任編輯　林家鵬
美術編輯　陳淑美
校　　對　陳義芝　林家鵬

發 行 人　張書銘
出　　版　INK 印刻文學生活雜誌出版股份有限公司
新北市中和區建一路249號8樓
電話：02-22281626
傳真：02-22281598
e-mail：ink.book@msa.hinet.net
網　　址　舒讀網www.inksudu.com.tw

法律顧問　巨鼎博達法律事務所
施竣中律師
總 代 理　成陽出版股份有限公司
電話：03-3589000（代表號）
傳真：03-3556521
郵政劃撥　19785090 印刻文學生活雜誌出版股份有限公司
印　　刷　海王印刷事業股份有限公司

港澳總經銷　泛華發行代理有限公司
地　　址　香港新界將軍澳工業邨駿昌街7號2樓
電　　話　852-2798-2220
傳　　真　852-2796-5471
網　　址　www.gccd.com.hk

出版日期　2024年 8 月　初版
ISBN　978-986-387-750-9
定價　350元

Copyright © 2024 by Chen I-Chih
Published by INK Literary Monthly Publishing Co., Ltd.
All Rights Reserved

國家圖書館出版品預行編目(CIP)資料

遺民手記／陳義芝 著；
--初版. --新北市中和區：INK印刻文學，2024. 08
面；14.8 × 21公分. --（文學叢書；739）
ISBN　978-986-387-750-9 (平裝)

863.51　　113009833

舒讀網

版權所有・翻印必究
本書保留所有權利，禁止擅自重製、摘錄、轉載、改編等侵權行為
如有破損、缺頁或裝訂錯誤，請寄回本社更換